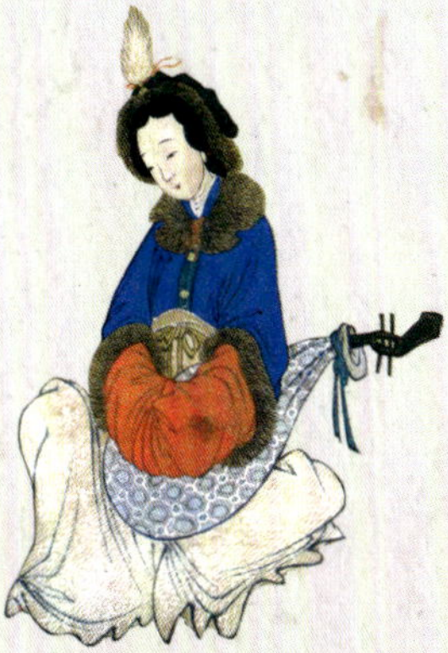

大
方
sight

美人图

孟晖 著

中信出版集团 | 北京

图书在版编目（CIP）数据

美人图 / 孟晖著 . -- 北京 : 中信出版社 , 2021.4
(2022.5重印)
ISBN 978-7-5217-1773-0

Ⅰ . ①美… Ⅱ . ①孟… Ⅲ . ①随笔—作品集—中国—当代 Ⅳ . ① I267.1

中国版本图书馆 CIP 数据核字（2020）第 062024 号

美人图

著　　者：孟晖
出版发行：中信出版集团股份有限公司
（北京市朝阳区惠新东街甲 4 号富盛大厦 2 座　邮编　100029）
承 印 者：当纳利（广东）印务有限公司

开　　本：880mm×1230mm 1/32　　印　　张：10.5　　字　　数：189 千字
版　　次：2021 年 4 月第 1 版　　印　　次：2022 年 5 月第 4 次印刷
书　　号：ISBN 978-7-5217-1773-0
定　　价：89.00 元

目 录

红妆

服饰

起居

雅趣

斗妍

因风散花与蜂蝶相随的对决

最近有缘第二次游览伊斯坦布尔的托普卡比宫，对奥斯曼苏丹的后宫也就生了些兴趣，于是在网友的推荐下，看了筱原千绘正在创作中的《梦之雫黄金的鸟笼》。这部漫画取材大胆，以著名历史人物苏莱曼大帝、许蕾姆苏丹及权相易卜拉欣帕夏为主要角色，还给他们虚构了复杂的三角关系。

目前，《梦之雫黄金的鸟笼》开篇未久，在讲述许蕾姆苏丹进入后宫之初的遭遇。作为一名来自乌克兰乡村的美丽女奴，她身陷残酷的后宫竞争当中，必须设法脱颖而出，获得苏莱曼的宠爱来保证生命安全，实现人生梦想。不过筱原千绘好像也没有替许蕾姆苏丹想出什么高招，无非让她擅长吟诵经典诗篇，热爱学习，关心天下事，善于察言观色，懂得退步抽身。

其实，中国古代文人笔下倒是记录了不少美女们试图在同性竞争中胜出的招数，那可是缤纷变化，既有设计上的创造性，又有艺术上的想象力，还异常大胆。不管实效如何，反正在纸面上读着让人觉得特有美感，特富灵气，要啧啧叹赏不已。

后唐冯贽《云仙杂记》中有一则“袖里春”，就是讲述往时的美女如何在春游时节让自己成为万人瞩目的焦点：“元（玄）宗为太子时，爱妾号鸾儿，多从中贵董逍遥微行，以轻罗造梨花散蕊，裛以月麟香，号‘袖里春’，所至暗遗之。”据这则故事，当唐玄宗还是太子的时候，曾经宠爱过一位叫鸾儿的侍妾。这位鸾儿居然自己设计了一个化身散花天女的戏码：

每年入春时分，这位太子的宠妾都会带着婢子们一起把丝织的轻薄白罗剪成片片细小花瓣，再攒粘成一朵又一朵的象生梨花，然后，将这些罗梨花放置在大容器内，花底埋入一个纱囊，纱囊内满裹一种名叫“月鳞香”的名贵香料。容器经密封静置一段时间之后，内里的象生花便浓熏上了月鳞香的芳气。

待到春花遍野、长安人倾城外出踏青的日子，鸾儿便特意改换成民间富家女子的装扮，然后将一些熏香的罗梨花盛藏在宽大的袖管内，只由一名叫董逍遥的太监陪伴，隐去皇室内人的身份，悄然出行，混在赏花的人群中。与众不同的是，但逢佳景盛处，或遇微风起时，她都会悄悄地让几朵罗梨花由袖管内飘坠，杂沓在天然的落花之间，于是，长安的春光里，竟有一位缓步陌上的美人随时洒落芳香的蕊朵，倒仿佛哪棵梨树幻化成了女仙，参与到尘世凡人的游乐中。

清 沙馥 《梨花仕女图》 天津人民美术出版社藏

※此图由作者提供。全书图片如无特别说明，均由作者提供，以下不再另外标注

这些无声飘零的人造花朵零落在地，若有人出于好奇而捡起，就会发现它们散发着浓鲜的、迥异于普通花香的香气。因为是轻罗制成，所以即使收贮起来久久放置，也不会枯萎，而是在珍藏者的怀里袖里、枕内盒底，始终盛放，幽麝徘徊。

鸾儿还给自己袖内藏花、随行随撒的做法起了个极其诗意的名字——“袖里春”，意思是她的双袖里就酝酿着一分春光。《云仙杂记》并没有说明，鸾儿如此处心积虑地上演这般游春散花的戏码，其意图何在。然而也不难推测，想来，她是让自己具有一个仙气飘飘的形象，编织魅力的神话，通过在公众空间中营造的轰动效果，提升在同侪当中的竞争优势，让太子充分意识到她的与众不同。

在我们的印象中，传统女性都是羞涩的，谦退的，内敛的，不敢竞争，不敢表现自己。其实，文献中呈现的她们往往并非如此，为了争取一方生存空间，为了在残酷的社会淘汰中获得优势地位，其中一部分勇敢者在搏出位时表现出惊人的胆量，以及超凡的能力。

竞争场中的一个流行策略，是自我赋予某种超乎寻常的特质，由此拉开与其他人的差距。具体手法或简单或复杂，但都看得出智商在其中闪烁的火花。据说唐代权相元载有一位叫薛瑶英的宠姬，“攻诗书，善歌舞，仙姿玉质，肌香体轻”（《杜阳杂编》），她非常细心地让自己的身体特别是皮肤永远飘散着香气，同时编造了一个说法，说她母亲从小就拿香料喂她吃，她因为一直吃香料，因此身体内涵藏了香素，自然就能散发香气。世上的女人都只能借助熏衣、佩香囊、抹头油一类方法，才能带上香气，但她薛瑶英不同，她的身体就是香的，是人间奇物，不二珍品！

到了宋代，《类说·遁斋闲览》曾记载一位慧黠美妓的轶事，她把薛瑶英的计策发展了一步，融入当时人们普遍相信的佛教信仰，替自己加分：

> 欧公知颍州，有官妓卢媚儿，姿貌端秀，口中常作芙蕖花香。有蜀僧云："此人前身为尼，诵法华经二十年。一念之误，乃至于此。"公后问妓："曾读《法华经》否？"妓曰："失身于此，所不暇也。"公命取经示之，一览辄诵，如素所熟者。易以他经，则不能也。

按宋人笔记中的说法，欧阳修做颍州太守的时候，曾经遇到一位官妓卢媚儿，这位卢媚儿也许是很不怕辛苦地永远在口中噙着带有莲花香气的香丸，也许是设法调配了一种能散发莲花香气的唇膏（当时叫"口脂"），总之，她持续不断地由双唇间轻溢莲花特有的芬芳。

精彩的是，媚儿还连带着构思出一整套感人的情节。她暗中约请一位蜀地来的僧人，在某个场合假装第一次见到她，并让这位蜀僧装作拥有能观测前世的高深智慧，对着众人感叹说："这个女子呀，上辈子曾经是个尼姑，整整二十年不停念诵《法华经》。可惜偶尔犯了一念之差，没想到此一世竟然沦落到做妓女的地步！"消息传开以后，连欧阳修都感到好奇，问媚儿："你读过《法华经》吗？"媚儿一派单纯地回答："不幸沦陷在这样堕落的生涯里，哪有工夫顾上这个！"欧阳修就让人把《法华经》取来展示给她看。令人惊叹的是，卢媚儿看了一遍之后，居然立刻一字不差地把整卷经背诵了出来，仿佛从来就刻印在记忆里一样。于是欧阳修又让她看其他佛经，结果她就完全不认识了。这下可算是坐实了蜀僧为她下的断语，随之，卢媚儿因为前生长诵《法华经》所以今生口内永远散发莲花香的说法不胫而走，轰动一时。

卢媚儿自抬身价的本领显然段位很高，两段关键情节都非常出彩，构成了一个完整的故事，内涵的道德训诫则让佛教盛行时代的善男信女们伤感、叹息，不由自主要对媚儿另眼相看，产生爱慕甚至敬畏之情。

她编造了一个关于自己身世的神话，层层递进的情节发展简直就像文学创作一样，然而，这还不算段位最高的创意。更加激情迸发、才华横溢的艺术创作，是化身成忽然降临的仙女，在人间上演一个神秘而绚烂的片段，再抽身消失。像鸾儿那样，利用在公众场

清 吴友如 《百美图》之“媚儿”

合露面的有限机会，光芒四射地登场，营造一个专属个人的、随身行走的、动态生动的美丽场景。将自己的形影直接塑造成一首久吟不绝的诗或一幅连绵展开的画卷，就是古代那些秀慧女子经常用的竞争手法。

《开元天宝遗事》中有一则“蜂蝶相随”的轶事，一位叫楚莲香的名妓所制造的效果，相比鸾儿，还更为神奇：“都中名姬楚莲香者，国色无双，时贵门子弟争相诣之。莲香每出处之间，则蜂蝶相随，盖慕其香也。”每次她外出，因为身上散发的香气非常独特，特别吸引蜜蜂、蝴蝶，因此总会有蝴蝶、蜜蜂一路追随着她。即使安坐下来，这些追来的蜂蝶也还是会绕着她翩飞，或者落在她的钗头、身上，栖息到她身旁的器物几案乃至花丛树枝间。推测起来，楚莲香或许是在发髻或者衣饰上的某处抹了蜂蜜，也可能是调制了某种针对蜂蝶独具诱惑力的香品，暗藏在华服内，所以造成了蜂儿蝶儿像眷恋花朵一样绕着她上下飞舞的美妙奇迹。明代香谱《香乘》中就记载有一款“蝴蝶香”，其妙处在于“春月花圃间焚之，蝴蝶自至”。春天在花园内焚这种香，便能招来蝴蝶。莲香大概就是用了类似的合香妙品吧。

如果说鸾儿等人的手段算出奇，那么另一位叫丽娟的前辈则属于搞怪。《洞冥记》里写道，丽娟在尚为十四岁的少女时就博得了汉武帝宠爱，她居然把由琥珀制成的成串佩饰悄悄挂在衣裙的内

清 改琦《仕女册》之『莲香出游图』广东省博物馆藏

清 吴友如《百美图》之『丽娟』

里，让这些佩饰在自己举止行动之间发出清悦的轻响，却告诉大家说，这是她身上骨节的响声。看来丽娟是“骨感美”的先锋，而且把这个概念推向了极致。编造这类奇怪的说法，无非是强调自己“仙姿玉质”，值得珍惜。暗含的台词则是，其他女子虽然也有姿色，但只是平凡的世俗之躯，一个趣味高级的男子，应该是不会舍弃仙姿玉质而青睐俗物的。

这位声称身上骨节能发出玉声一般轻响的丽娟，还搞出一则近似于神怪巫术的事迹。她曾经在芝生殿唱《回风之曲》，当时殿庭前树上枝头的花朵居然在歌声中纷纷飘落。也许只是巧合，当丽娟唱歌的时候，正好有一阵轻风拂过殿庭，吹落了枝头的众多芳蕊，但不管怎样，这个小小的事件被她大肆渲染，变成此位美人歌声神妙无比的明证——她的歌声竟能让大自然都被感动，让枝头的繁花都因歌声而情不自禁地荡漾起来，飘飞不已。

古书记载的这些美人斗胜事迹，究竟实效如何，有多少夸张的水分，诚然很难评价。不过，在今日的文艺作品中，把这些记载重新演绎一番并不难，而且一则又一则的美丽情节实在动人，想必女性观众会看得开心。设想在一出古装电视剧里，安排一场后宫齐出游春的大戏，众妃嫔纷纷借机创作各自的精品形象，一位在袖里兜了熏香的罗绢假蕊，逢到轻风拂过时便悄然散花；一位则在手腕下暗暗垂了只银香囊，囊内焚着专招蝴蝶的香品，惹得蝴蝶翩翩飞来，盘绕不离，甚至悄然落在簪头；一位则让宫女太监事先摘下许多零碎花瓣，再小心地一片一片放置到树上的花朵里、叶簇间，当她在花林前表演舞蹈的时候，甩出长袖轻拂树梢，便带动许多的花瓣从树上飘落。

这样的情节，应该比简单的善于吟唱、好学、知进退，更有说服力，也更有动作性，更悦人眼目。只要今日的作家编剧敢于发挥与再造，那么如此的斗法可以发生在中国的历代宫廷，也可以照搬到土耳其苏丹的后宫，或者其他时空。不管发生在哪里，都会因衬有残酷底色的美感而撩人心弦。

莺莺与环佩

《西厢记》里，张生与崔莺莺的初次邂逅是非常匆促的过程，根本没有机会搭话，甚至无法凑近。一对青年男女只是彼此短短打了个照面，兰心蕙质、闺秀风范的莺莺便按照当时礼制的要求，带着红娘一起转身离去。不过，玉人虽然走了，但张生有那么片刻依然能够清晰感受到她的存在，甚至更为强烈地意识到她的魅力，因为“兰麝香仍在，佩环声渐远”。

有意思的是，在后续的情节中，莺莺听到张生隔墙传来的琴声，产生了这样的联想：“莫不是步摇得宝髻玲珑？莫不是裙拖得环佩叮咚？”通过这几句唱词，往昔中国女性的形象显得既遥远模糊，又清楚无比：她发髻上的花翘轻颤不已，簪钗的端头垂下玲珑坠饰，随着耳环一起轻摇，并连同手镯、挂佩一起发出悦耳的轻响，幽馥的香气从她的周身轻轻飘散。

在她也许还隔着一道珠帘，也许还在回廊转角的那一侧之时，你已蓦然闻到了不知从何而来的暗香，听到独特的、别无二致的金

元 青花西厢记梅瓶
英国维多利亚与艾尔伯特博物馆藏
（摄影：动脉影）

玉饰物的和声。然后她出现了，眉如远山，双鬓似蝉翼一样轻透，一身衣裙也许是锦绣绚烂，也许是轻纱薄罗，但头上花翘微颤，流苏晃荡，配着同样悄荡不已的长佩、裙带、飘带、锦帕、荷包……让你觉得似乎目光难以聚焦，觉得眼前人像云中仙影一样变幻不定。然后她过去了，在身后留下悠长的、久久不肯彻底消失的香气的余韵，还有渐渐远去的佩声，每一声都在牵引着你的灵魂，召唤你追随而去。你还在惊艳中没有回过神，却又看到，她行经的地面上留下了两行白色的莲花纹——从她鞋底漏下的香粉印就的花纹！

古代的中国女性深深领悟，美，以及魅力，不仅来自精致的五官与倩丽的形体，不仅借助巧妙的化妆与华美的衣裙，更取决于一个人所能创造的风仪、韵致、氛围，换用今天流行的概念说就是——气场。韵致，气场，又如何能够形成？古代女性的要旨是，通过暗示，通过施加给视觉、嗅觉、听觉的感受，在旁人的心理上熏洇印记。

按礼教规矩，女性必须安静端庄，不能轻言妄动。也许正是为了克服由此造成的呆板形象，传统女子的遍身上下偏偏要点缀种种轻易就会颤晃的饰物，比如称为“翘”或“颤”的花钗，将天然的或者由珠宝绢罗制成的花朵、凤雀、蜂蝶缀在弹簧式的金属丝上，高挺在髻畔，随时凌空颤动；步摇则是在钗头挂有珠宝的穗子，伴着行步而荡来荡去。此外，襟前、裙侧都可以垂挂长长的金银珠玉

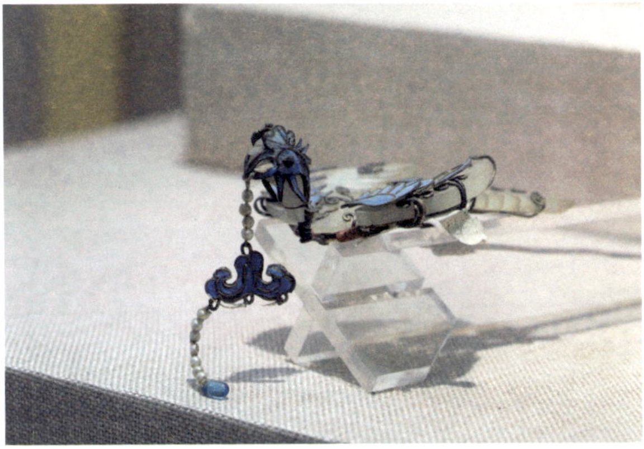

清 簪子
山西民俗博物馆藏
（摄影：动脉影）

清 白玉花形金簪
首都博物馆藏
（摄影：动脉影）

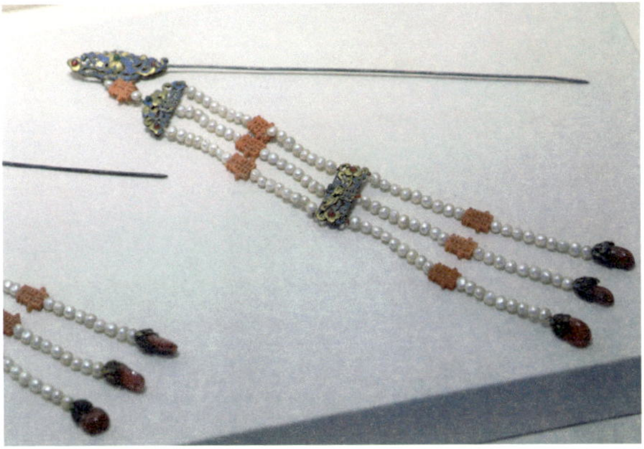

清 点翠宝石簪
故宫博物院藏
（摄影：动脉影）

的长佩。有了这样的饰物，女性便宛然如一束挺立的花枝，任何一丝微风的轻拂都会引发花叶的摇曳，从视觉上，让旁人感知她的敏感、纤秀、轻盈。

最有意思的是，中国古人尤其重视利用听觉来制造“气质”，调动悦耳的声音来赋予魅力，所以自先秦时代起，无论男女都流行在身上吊挂用玉牌与珠子穿成的长串玉佩。女性更是特别用心以佩声来塑造与众不同的印象，甚至有传说讲述，汉武帝宠幸的美人之一丽娟将琥珀雕就的佩饰悄悄系挂在衣裙之内，却哄骗大家说，雕佩相击的玎铮乃是她体内骨节发出的声音，以此为自己制造神秘色彩。

为了营造特别的、足以与他人区别的音响，女性身上的声源是多样的，钗头、鞋帮、裙带、飘带都可以系吊铃铛、步摇、耳环、长佩上则是金叶或玉片互碰形成的玎玲，甚至鞋跟里也可以安放小铃球。于是，“环佩叮当”变成了中国传统女性予人最为深刻的印象之一，以致在古典文学中“环佩”本身也可以作为女性的代指。

香气也是营造幽雅、迷人、具有个性特征的氛围的经典手段。中国女性尽管也熟悉并利用香水，但远不止于这一种方法。一如声音的营造一样，女性身上的香源也是多重的，由此塑造出重重叠叠的、互相添加的、复合型的香氛。衣裙要在熏笼上熏香，作为内衣

[左图]明 玉禁步 蕲春县博物馆藏藏（摄影：动脉影）

的抹胸则可以于夹层中暗藏沉檀香粉或者排草、干玫瑰花瓣。此外，香囊亦是必不可少的细节，系在裙边或内衣襟上，也常常掖在袖内。很重要的是，每一样化妆品也都添加有香料，包括头油、面脂、画眉墨、胭脂粉、白色妆粉、口脂（口红）、润手膏等。于是，对古代男性来说，最魅惑的体验之一，就是当女性依偎过来窃窃私语的时候，她唇上口红的独特香气也会随着话语一起发动暗袭——“暗娇妆靥笑，私语口脂香。”（白居易《江南喜逢萧九彻因话长安旧游戏赠五十韵》）“朱唇未动，先觉口脂香。”（韦庄《江城子 · 一名水晶帘》）

审美，是一种心理感受，对此，传统女性也许不会进行长篇大论的剖析与思辨，却在实践中最精妙地把握其要旨。在她们那里，“女性美”的营造是声光形色的综合效果，甚至衣饰上金线银线的闪光、不同织物质地的彼此映衬，也是在其中发挥作用的细节。因此，她们的美，不仅被看到，也被嗅到，被听到，是——被所有的感觉器官一起感知到。是让他人不得不调动各种感官来接受她美的信号，从而在心理上，在意识中，将她的美确立为事实，确立为强烈而浓郁、无法退却的刻痕般的记忆。

宫斗催生留仙裙

古人有种说法，褶裥裙在中国历史上的产生，是一场险恶宫斗的意外副产品。

赵飞燕无疑是中国历史上最著名的美人之一。但她还有个妹妹赵合德，在她们同时代人的看法里，这个妹妹在容貌风采上要比姐姐更为动人，在后宫的境遇也比姐姐更为成功。虽然是亲生姐妹，两人的体态风韵却是截然不同的两个类型，飞燕以纤柔轻灵取胜，合德以丰满莹润醉人。另外，据说合德相比飞燕在智商与情商上都更胜一筹，因此，二人之间既是瘦美人与胖美人的对决，也是强势与柔缓、咄咄逼人与心计深藏两种不同做人格式的周旋。

姐姐飞燕先得到汉成帝宠信，立为皇后，合德则是借阿姊之缘，比飞燕晚一步获蒙圣宠，封为昭仪。从进宫开始，这一对姐妹花就联手结盟，排斥异己，终于将整个后宫掌握在她们手中。但是，实际上，飞燕做了皇后之后，皇帝便逐渐对她失去兴趣，却被赵昭仪迷得神魂颠倒，于是妹妹恩渥日隆。两位真实历史人物颇具传奇色彩的沉浮吸引着历代文人，在小说家的笔下，两姐妹不仅唇齿相依、彼此利用、互相回护，同时，她们钩心斗角的一面也得到细细描绘，二人极为独特的、弥漫情感与欲望的纠结关系几乎成了故事的主题。其中最为精彩的一篇堪称《赵飞燕外传》，据说其作者为汉代人伶玄，如果相信这种说法，那么这部文言作品真是惊人古老的一部“宫斗”小说！

然而，必须承认，《赵飞燕外传》大致应该是唐人作品，即便如此，这篇揭示人性幽微的奇特小说也有一千多年的历史了。文中对飞燕与合德两姐妹的性格、气质以及智力类型都有丰富的演绎，即使在今天读来也不觉过时。两个人都很有心计，但心计的路数截然不同。赵飞燕被塑造成完全负面的形象，强硬、急躁、心胸狭隘、嫉妒心与控制欲旺盛。但是她也有自己的机灵，知道如何充分利用自己的优势。在一个宛如仙境的曼妙场景里，飞燕对汉成帝施展人格操控，试图挽回败势，便是小说中光彩照人的情节之一：

一次，赵合德用豪华大船将汉成帝与赵飞燕一起接到太液池中的瀛洲岛上，三人一起带着宫人们登上高四十尺的台榭，消遣时光。赵飞燕以腰细、身轻著称，当日她身着南越进贡的云英紫裙，外罩碧琼轻绡的薄衫，以台顶的露天空场为舞台，一边唱着歌

[右图]明 仇英 《人物故事图册》之一 故宫博物院藏

一边翩翩起舞，接连表演《归风》《送远》二曲。这时，忽然一阵狂风刮过。高台空阔，让风力变得格外强劲，竟将她的长裙倏地扬起，蓬张在她的腰周围，使得她像是由一张风帆兜起，又宛如经一片羽翅托住。此刻，赵飞燕一路歌舞，恰好转到高台边缘，与汉成帝等看客有一定距离，这给她接下来的行动提供了必要条件。这位美女立刻启动表演人格，先是假装惊慌地叫道：“快看我，快看我！”——意思是狂风要把我刮走啦。等吸引了所有人的目光后，她便舒展开双臂，将轻纱广袖高高扬起，摆出乘风欲飞的姿态，高声感叹：“让我成仙吧！我马上要成仙了！”接着，抒发情怀时还不忘含沙射影：“啊啊，舍弃旧日的眷恋，迎接新的欢乐！何不就此将心中一切羁绊全都忘掉！”

这一幕当然让包括汉成帝在内的所有人大惊。当时只有为赵飞燕伴奏的乐工冯无方跟随在她附近，于是汉成帝急忙命令冯无方去拉住她的裙子。冯无方越是拉扯，赵飞燕就越是做出一副要驾风而去的决绝姿态，二人相持了好一会儿，以致那云英裙都揉出了褶皱。

待到风停了，赵飞燕才缓和下来，又立刻转换成委屈悲伤的态度，扑到汉成帝面前啼哭：“多谢陛下赐恩，让我想要化成飞仙离开的心愿没有实现！”说着嘴里且歌且吟，唱着无词之歌，一边泪流不止。此际，汉成帝被彻底打动了，他因将宠眷转移到合德身上而感到愧疚，猛然间爱恋之意重燃，当晚便临幸皇后宫中。

汉 舞蹈俑 徐州博物馆藏（摄影：动脉影）

分析起来，赵飞燕口口声声要化仙飞去，大概只是一次机智的、姿态优美的自杀威胁。也许是临时来的灵感，也许早就在心里伏了想法，当一阵大风袭来的时候，她非常巧妙地选择了一个最好的迎风角度，张开手臂，让长裙与纱衣、广袖都在风中舒展成很优美的形态，整个人的身影望去如随时会飞走的仙女一般，就这样声声喊着："让狂风把我带走吧！让我化成神仙离开这个世界吧！"动人地、雅致地，威胁要从高台顶上跳下去。冯无方上来拉住她时的相持不下、事后一边低吟着歌调一边哭泣，大概也都是精致的、艺术水平很高的表演。

这一招的效果非常明显，不仅当即激发了汉成帝的怜意，而且让赵飞燕在宫中具有了神话色彩。她制造了这样一个说法：若不是皇帝不肯放弃她，对她隆恩优渥，那么她那一天就会驾着风，以衣裙为羽翼，化成女仙，飞向天边，摆脱尘世的羁绊了。

对于宫中的女性们来说，在意的是她能出奇制胜，凭一个大招就挽回皇帝的恩宠。于是，彼时的汉宫中竟然出现了这样一种时尚：凡是刚刚经皇帝临幸、沐浴过天恩的妃嫔、宫女，都要做一条长裙，在裙上打满褶裥，模仿赵飞燕在瀛洲高榭上长裙被揉皱的样子，号称"留仙裙"。这些在竞争场上身不由己的女子们希望由此借得赵飞燕的灵气和运气，让帝王对自己的垂顾也能持久。

在古人的思路中，褶裥就是这样出现在女裙上，从此，世世代代的中国女性都把褶裥裙作为最基本也最喜欢的一种裙式。史实是否真的如此？很难证明。无论中外，习惯思维都有一种定式，把任何一个或大或小的文化成就归属到某个具体的名人身上。其实，这些成就往往是人们在长期的实践中一点点获得，其萌芽与最终瓜熟蒂落的时刻，在历史的长河中都没有留下明确印记。

在新疆出土的东汉魏晋时代服饰中，确实有长裙饰以整齐的褶裥，一些长袍也在腰部打折，裙、袍边缘的荷叶边更是做出密集的细折，是标准的千折边。相比之下，考古发现的西汉时代服饰中，至今尚未发现褶裥的影迹。所以，就中国传统服饰来说，很可能是在东汉时代形成了褶裥裙式。但，也许是因为赵飞燕作为知名美女特别有吸引力。人们把在服饰上打折的做法与这个响亮的名字联系在了一起。

《赵飞燕外传》的情节在宋代一度广为士大夫文人熟知，如宋人乐史所著《杨太真外传》中提到“汉成帝获赵飞燕，身轻欲不胜风”，还编排道，唐玄宗拿这个典故与丰腴的杨贵妃开玩笑说：“如果是你，多大风也吹不走！”宋代词人张炎《绿意》一词咏亭亭碧荷的高洁，便以赵飞燕被风吹起的裙裾形容卓立水面的荷叶：“回首当年汉舞，怕飞去、谩皱留仙裙折。”很自然的，这个既美感又生动的情节激发了想象的涟漪。

至于褶裥裙，则自东汉以来成了中国传统女裙的基本样式，几乎每一条裙子都打折为饰。宋代词人蒋捷《小重山》词描写少

南宋 褐色罗印花裙 福建博物院藏（摄影：动脉影）

女在春日里一起玩“斗草”游戏，便是:“银红裙裥皱宫纱。风前坐，闲斗郁金芽。”女孩子们一起坐在草地上，以采来的花草展开比赛。此刻尚是暮春时节，所以她们身上的粉红褶裥纱裙是一件罩裙，围系在绫锦裙或彩裤之外，形成里外两重衣色的互相映衬。

传统褶裥裙中，尤其值得一提的是清代晚期流行的“鱼鳞百褶裙”，这种裙的表面打满细折，相邻的细折则会用丝线有规律地隔一段就钉连在一起。这样，穿裙人一旦行动起来，彼此钉连的细折就会形成水波一样的曲纹，看着也颇像层层的鱼鳞，由此而得到其独特的名称。

至于穿裙人的人生故事，也如褶裥裙一样，一代一代，既有变化，也有重复。

清 红暗花罗彩绣镶带侧褶裙
清华艺术博物馆藏
（摄影：动脉影）

镂花高底 步步生莲

你所走过的每一步，都有鲜花随之盛开——我们愿意想象，世界上就是有如此美丽的人，她（或他）的美强大到足以唤醒大自然的热情，以至步履所落之处，立刻有花朵破土而出，迎风绽蕊。

这种天神般的美丽形象，早在千百年前就已经出现在印度佛经故事《鹿女夫人缘》中。鹿女是由母鹿所生的美丽少女，她每走一步，地上就会出现一朵盛放的莲花。一次，她向一位隐居山林深处的苦修僧借火，僧人见到这陌生女孩的特异“足迹”十分惊讶，就请她先围着自己的居舍绕行七圈，然后再入庐取火，并在离去时同样绕舍转行七圈。不久后，一位国王打猎路过此地，发现这位苦修僧的草庐居然被十四重莲花包围在当中，非常惊讶。向僧人问清事情原委之后，国王便顺着一路逶迤的莲花形成的路径寻踪深林，最终找到美丽的鹿女，将她娶为王妃。

这则故事随着佛教传入中国之后，在传统文化里激起了活跃的反响。一个非常有名的效仿事件是，南北朝时，南齐昏君萧宝卷命

敦煌莫高窟138窟晚唐壁画局部，鹿女“步步生莲”开出的一路莲花。

清 冷枚 《十宫词图》之一

令工匠把金箔凿刻成莲花的形状，一片一片地粘贴在宫殿、宫道的地面上，然后让最宠爱的妃子潘玉儿在这些金色莲花上行走，用萧宝卷的话说就是："此步步生莲花也。"

萧宝卷的做法不仅奢侈靡费，而且也缺乏诗意。从记载来看，直到明代晚期，中国女性才终于发明出妙法，让花朵的形象随着自己的行步一一显现。清初人余怀《妇人鞋袜考》中就谈道：

> 至于高底之制，前古未闻，于今独绝。吴下妇人有以异香为底，围以精绫者。有凿花玲珑，囊以香麝，行步霏霏，印香在地者。此则服妖。宋元以来，诗人所未及，故表而出之，以告世之赋香奁、咏玉台者。

如今的人都知道，明清时代，女人缠足。但是，很少人注意，那时女人的一双缠足还要穿高跟鞋，当时的习惯称之为"高底鞋"。

当然，高跟鞋的历史可以上溯到更早的年代。在三国至南北朝时期，由于江南地区湿热多雨，上层社会的人们接受了当地风气的影响，流行穿"屐"。所谓"屐"，就如今日木屐一般，在鞋底前后安装一对齿跟。不过，在那个历史时期，贵族所穿之屐，有些如今日的人字拖鞋，但也有一些实际采用鞋的形制，只是下面装有木或金属的齿跟而已。当时的上层社会标榜举止舒缓，认为从容不迫乃是优雅风度的表现，于是便出现了齿跟超高的屐子。例如江西南昌东吴高荣夫妇墓出土的一对木屐，屐长25厘米，齿跟高达6厘米。

此外，唐代有重台履，据推测也是一种高跟鞋，大约接近清代旗女所穿的“花盆底”“马蹄底”，使整个鞋底增高，由此让身形更显高挑颀长。

不过，从明代中期开始，女性穿高跟鞋变成了普遍、持久的风气，一直沿袭到清末、民国缠足陋习被逐渐废弃，这种传统特色的高跟鞋——“高底鞋”才渐渐消失。从今日所能见到的明代出土女鞋实物来看，高跟曾有两种基本形式。一种如江西南城益宣王妃孙氏墓出土之绣鞋，在整个鞋底下面加装一层厚底；另一种则如定陵出土的明神宗皇后绣鞋，高跟的样式大致如一枚象棋子，在设计上与今天的高跟鞋一样，被纳装在鞋底的后部。

定陵出土的明代皇后绣鞋中也有平跟鞋，但高底鞋有十双之多，在比例上远超于平底鞋，从中可见当时的流行风气。鞋的通长只有12厘米，鞋跟却高达4.5厘米，人穿上这样的鞋，那情形也正如今天女性穿高跟鞋的效果——只有脚趾部分能够实在地落到地面上。据那个时代的人看来，如此的措施可以让缠足显得更加纤小，因而也就显得更美。

到了清代，鞋形得到进一步发展，鞋的底面被制成微微弯拱的

清 蓝缎彩绣暗八仙钉珠马蹄底鞋 沈阳故宫博物院藏（摄影：动脉影）

弧面，侧看如同跨越河道的拱桥，称为“过桥”，也叫“弓底”。依当时的观念，头儿尖尖的弓底鞋，就像一弯新月，或者一枚莲瓣，简直就是优美的极致。鞋跟的造型也倍用心思，雕制成底面呈杏叶、莲子、荷花等形状的玲珑花柱。至于制作高跟的材料，定陵女鞋“为多层草板纸相叠，用合股丝线缝在一起，外包红素缎”，此外还有毡跟、木跟，而以木跟最为常用。

恰恰是利用鞋上的高跟，明清时代的女性创出了许多新鲜花样。比如，把高跟掏空，在其底面和侧面都做出镂空花纹，然后，在这鞋跟里安一个小抽屉，放上香料，让香气从鞋跟的镂空花纹中向外发散。还有人在掏空的鞋跟里放个小铜铃，人一走动，脚下就叮铃铃地不断轻响。

最大胆的做法是，把高跟制成中空的形式，安个活动小抽屉，并且鞋跟的底面与屉底雕出一致的镂空花纹，再将一只装满白色香粉的绢囊置于屉内。女性穿上这样的鞋，一旦走动起来，就会有香粉从鞋底的镂花中点点泄落，让她每走一步，都在地上印出一个莲花或兰花的完整图案。于是乎，环佩声远，这粉印的花纹却淡香依依，宣告着她的曾经到来与离去。

“步步生莲花”，原本只是可以想象却无法实现的神话，但是，明清女性借助高跟，却把想象变成了现实。清代江南文人顾瑶光《竹枝词》中，姑苏女子到佛寺进香的场景便是：“长廊转处笑相迎，朵朵兰花履印轻。”何以如此？作者注云：“高底鞋刻空，入以胡粉（即化妆用的白粉），一步一兰花也。”另一文人周文燏《闺中竹枝词》也有句云：“镂花高底步莲生。”可见，在明清的日常生活中，一位女性在身后留下一串香气依约的花朵形脚印，竟是并不罕见的景象。

这种“生花”鞋最初出现在明末的江南地区，不过，清代满族贵族妇女当中也有人效仿。满族女性的“旗鞋”要装“三寸半底儿”，也就是花盆底、马蹄底的高跟，于是，这花盆底、马蹄底里正好安设洒香粉的机关。徐珂《清稗类钞》中就录有一则逸事：乾隆皇帝选秀女的时候，“忽见地上现粉印，若莲花”，原来是有一位参选女子“雕鞋底做莲花形，中实以粉，故使地上莲花随步而生”。

因此，并不让人惊讶的是，纳兰性德在词作中两次提到“屧粉”，也就是鞋跟中香粉留下的花痕。其中一首《虞美人》如此吟道：

银床淅沥青梧老，屧粉秋蛩扫。采香行处蹙连钱，拾得翠翘何恨不能言！

回廊一寸相思地，落月成孤倚。背灯和月就花阴，已是十年踪迹十年心。

女子行经之处留下了成串的香花足印，并且，在那足印上还叠落有她的一支翠钿头花。翠花是无意间掉下，还是被有心丢置？只有当事人才心内清楚。总之，男子捡起头花，一腔浓情无法倾诉，竟是“回廊一寸相思地”“十年踪迹十年心”。那曾经印有朵朵白粉花印的地方，成了他一生的怀念与牵挂。

情寄

玉连环，情未已

传统文化中，包括在绘画里，对于两性情感的表达其实很丰富，发展出了诸多特定的符号，甚至可以说形成了一套特有的语汇，这本是很有趣味的话题。

明代佚名画家的仕女画卷《千秋绝艳图》选取历史上或文学中著名的女性形象一一加以呈现，其中一位名为“玉箫”，是一位梳丫髻的少女，用两手握着一对互相套在一起的圆环，相配的赞诗则曰：“手弄双环亭下玩，停停弱质似湘娥。”查证起来，这位玉箫应该是唐代笔记体小说《云溪友议》中一则言情故事的女主角，不过，在原故事中，意中人韦皋只是送给她“玉指环一枚”而已。那么《千秋绝艳图》的作者为什么要修改情节，非让她手持双环呢？

唐人韦应物有一首《连环歌》（亦作《行路难》）：“荆山之白玉兮，良工雕琢双环连，月蚀中央镜心穿。故人赠妾初相结，恩在环中寻不绝。人情厚薄苦须臾，昔似连环今似玦。连环可碎不可离，如何物在人自移……”不难理解诗意，一件奇巧的工艺品——

连在一起的两只玉环，作为爱意的象征，由一位男子赠送给诗中的女主人公。只可惜赠环人的情感并不长久，最终受赠女子只能面对玉饰，惆怅对方的薄幸。

到宋代诗词中，也一再出现以连环式的玉环表达爱意的描写。典型如朱敦儒的一首《浣溪沙》讲述，一位艺妓派人给词人送来两样表情之物，一样是打有同心结的香佩，另一样是“帕儿双字玉连环”——绣有伊人闺名的手帕，帕子一角吊着一件玉雕的双连环。此外，欧阳修《别后》诗：“连环结连带，赠君情不忘。”是分别时以系在绦带上的连环相赠。赵彦端《菩萨蛮》：“美人书幅幅，中有连环玉。不是只催归，要情无断时。”则是在两地远隔的情况之下，女子随信送上一对玉连环，希望对方不要情断恩绝。

中国自古珍视美玉，发展出一套高超的治玉工艺，结果居然会由此衍生出一种独特的示爱方式，应该说是一个非常有趣的现象。传统治玉工艺中有一种“掏雕”技巧，玉工能够在一块整料上琢出一双甚或多个活环，但让这些环彼此串在一起，无法分离。玉环浑圆无缝，使得其相互套合的状态仿佛是天然生成一样，神奇得令人惊叹。这一工艺成熟极早，出土的商代玉器上就已带有掏雕成的活链！到了战国时代，玉活环技术变得异常发达，出现了曾侯乙墓出土十六节龙凤形玉佩一类的精彩作品。此后，从瓶盒衔环、印纽到耳坠，玉制连环在历代奢侈品中都是活跃的因素。

明 佚名《千秋绝艳》图卷之“玉箫”局部
中国国家博物馆藏

南宋 云璧连环玉佩 衢州博物馆藏（摄影：动脉影）

清 费丹旭《弄镯图》局部
清华大学美术学院藏

清代皇家的开合玉连环，两个半环的内剖面上均镌刻并戗金乾隆皇帝《咏开合玉连环》一诗的诗句。现藏故宫博物院。

韦应物《连环歌》等唐宋诗词表明，至晚在唐代，已经出现了独立的玉连环，这种雕环不再是奢侈品上的附件，而是单独的一件饰品，只有两个圆环，彼此相套。它成为爱情的象征物之一，多情男女会以这种小饰品相赠给所恋的对方，表达二人生命“可碎”而情感“不可离”的意愿。南京溧水柳家村元墓出土的一件“螭龙灵芝环”便是一件“玉连环”，它是用一块玉料琢出两个圆环，环的正面雕有龙纹，背面则各带一个鼻环，这两个鼻环相衔，由此联成整体。另外尚有一种更流行的玉连环形式，以一对大小一样、形状对称的圆环互相套在一起，故宫博物院现即藏有这种样式的清代实物。

《千秋绝艳图》中玉箫所持的“双环”，正是第二种形式的玉连环。依《云溪友议》的原版本，玉箫保存着韦皋临别时留赠的玉指环，等待了漫长的七年，最终料定对方无意履约，于是绝食身亡。到《千秋绝艳图》的画面上，画家把玉指环置换为玉连环，这是利用一个大家都熟悉的符号，将玉箫明确塑造为《连环歌》所咏的那种女性形象，一方面因为男子的负心而神伤，悲哀“如何物在人自移”；另一方面仍然痴心于薄情者，坚持“连环可碎不可离”的单方面的忠贞。

《千秋绝艳图》中的玉箫并非孤例。手持玉连环独自伤情的女子，在明清绘画中，实际上成了一个固定的“画样”。由宫廷画家

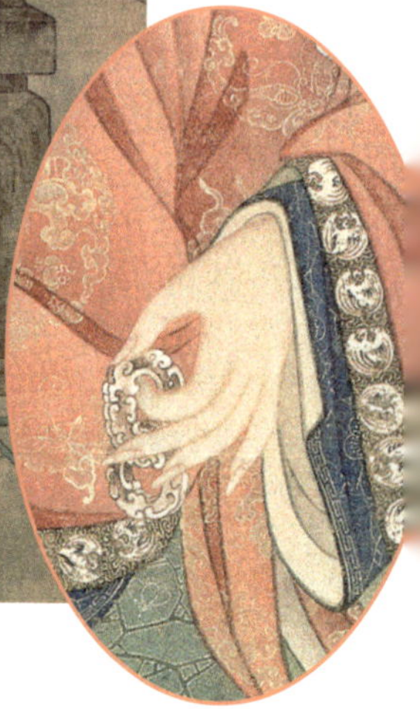

清代宫廷画家所绘《雍亲王十二美人图》之“持环相思”，
图中美人持有一枚开合玉连环。此图现藏于故宫博物院。

所绘的《雍亲王十二美人图》中，有一幅便是一位女性头簪菊花，手持一对玉连环，望着门外的喜鹊出神。另外，清人费丹旭绘有一幅《弄镯图》，画中女子一手持扇、一手持玉连环，则是把“秋风纨扇”与“连环情未已”（晏几道《洞庭歌》）两个固定主题结合在一起，纨扇象征男性的负心忘情，玉连环则喻示女性的坚守与期待。如果不清楚这样一个固定画样在明清时代的存在，有可能会妨碍我们理解那个时代相关作品的含义。

彩笺芳翰两情深

依照唐代传奇小说的观念，一位女子有才情而又有品位的标志，就是能在碧色小信笺上写情诗。当然啦，在唐人文学里，女子们吐露幽怀的诗句也每每写在红笺上。不过，到底还是碧笺更显得富有风致，它可是用芙蓉叶汁染就的，或者甚至是用水中青苔制成的呢！

唐人围绕“诗笺”发展起来的特殊风雅，在悲剧性的爱情故事《飞烟传》中得到充分绽放。少年文人赵象在见到比邻而居的美人步飞烟之后，爱意萌生，于是将小诗写在一叶“薛涛笺”上，托看门老妇转送，表达自己“一窥倾城貌”之下的慕恋心情。步飞烟则借着 “金凤笺”上的回诗流露出一腔幽恨，这让赵象大受鼓舞，再次以“玉叶纸”挥写诗句，发出婉转而又大胆的告白：

珍重佳人赠好音，彩笺芳翰两情深。

薄于蝉翼难供恨，密似蝇头未写心。

疑是落花迷碧洞，只思轻雨洒幽襟。
百回消息千回梦，裁作长谣寄绿琴。

面对陌生少年的热情，飞烟又一次回复小诗吐露心迹，这一次，“暗题蝉锦思难穷”的句子便是写在“碧苔笺”，亦即碧色的信笺之上。一段精巧的小说情节，本意在于表达年轻爱情的清新无敌，却无心间展示出唐人笺纸的极端精美。四次以诗传情，所用的笺纸绝不重复，而且各具美质。玉叶纸是以剡溪藤制成的雪白细纸；碧苔笺则是用水中苔菜为原料，其色浅绿；以木刻印花版蘸上金泥或者掺有硫黄的云母粉泥，在色纸上印出翔凤花纹，便是“金凤笺”；至于“薛涛笺”，则是蜀地特产的、染色缤纷、印花精巧的上好笺张。

唐代的染色印花小笺，千百年里，都与著名的女诗人、美妓薛涛联系在一起。据记载，蜀地早就以出产精美的彩色纸张而闻名天下，不过，薛涛对其加以了优化改进，不仅督促工匠发展出更为丰富多变的染色，而且将长卷大幅改裁为单叶小张，每一叶小纸上仅仅能够题写一首诗。薛涛所发明的小张彩笺，正好响应了唐代中期以后生活方式更加精雅化的潮流。

唐人爱诗，更爱作诗，诗人们不管身处哪里，都要身携竹或布制的“诗筒”，一旦忽然想到好的诗句，就要赶紧写在纸上，放

明 胡正言辑印 《十竹斋笺谱》彩笺图案之一

入诗筒，以免才思一过，事后难以追忆。独自成张的“薛涛笺”恰好最适合放在诗筒里，随时抽出一张，记录自己苦吟所得。另外，文人雅集时，作诗更是一项不可或缺的娱乐项目，这时候，宾主各取一张丽色不一、纹花蹁跹的薛涛笺，挥毫立就即景生情之作，无疑让集会获得了形式上的雅致与优美。因此，薛涛所发明的小幅彩笺立刻受到文人才子的追捧，随后在整个唐代上层社会风行开来，被专称为“薛涛笺”，因为产于成都的浣花溪畔，所以又称“蜀笺”，甚至还获得了一个美丽之极的芳名“浣花笺”。

据《成都古今记》所记，蜀笺的色彩多达深红、粉红、杏红、明黄、深青、浅青、深绿、浅绿、铜绿、浅云十样的变化，其中的精品还会套印上山水林木、折枝花果、飞禽走兽等饰纹，因此唐人也喜欢称之为“彩笺”，如诗人韦庄就有《乞彩笺歌》放声咏颂道：

浣花溪上如花客，绿闇红藏人不识。留得溪头瑟瑟波，泼成纸上猩猩色。手把金刀擘彩云，有时剪破秋天碧。

在爱诗的唐人那里，或猩红或天碧的薛涛笺主要是一种专用的“诗笺”，首先用于题写诗词；其次，也作为信纸，达成社交中彬彬温雅的信札往来。一位叫作李建勋的唐代官员在吟赞《蔷薇》的诗作末尾，便有句为：“彩笺蛮榼旬休日，欲召亲宾看一场。”他准备趁着每月旬日那一天的公休假日，召集亲朋好友共同欣赏盛开的蔷薇，而聚会上一定会预备的助兴之物，除了美酒（“蛮榼”即酒壶）之外，便是供题诗之用的彩笺，富有诗情的唐人一旦花光照眼，免不了要“诗动彩笺忙”！

如此一来，毫不奇怪的，崔莺莺那猜谜一般的约会通知，因为是采用了诗体，所以也定然要写在一叶“彩笺”上：“待月西厢下，迎风户半开。拂墙花影动，疑是玉人来。”张生就是有了如此一张娟秀清雅的通行令在手，才“急急如律令”，大胆地半夜跳墙投奔佳人。另外，在《源氏物语》中，我们可以看到，末摘花曾用紫笺写信给源氏公子；源氏则以红梅色笺回信给槿姬，还将这封信系在一根梅花折枝的枝头。类似的情节在这部著名小说中屡次出现，足以表明，运用彩笺的风尚也在深受唐代文化影响的日本贵族阶层中广为播散。

诗，始终是士大夫文化中最能寄情抒怀的一种表达。于是，由“薛涛笺”一路发展的各种彩笺也始终伴随着中国传统的文人生活。

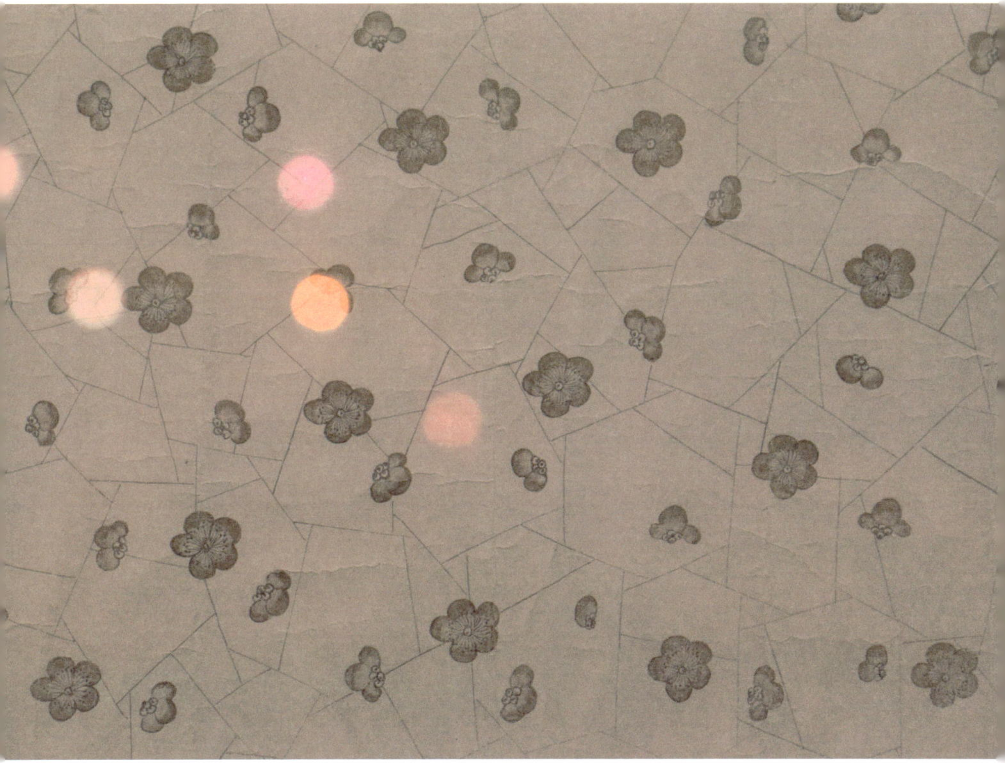

清 梅花玉版笺 四川大学博物馆藏（摄影：动脉影）

胭脂泪，寄深情

“我把眼泪寄给你”——听来很像当代流行歌曲中的歌词。这句话如果真的由歌手唱出来，我们肯定会觉得，句中的说法只是一种比喻，一种伤感的表达。然而，其实在中国的往昔，女性们真的流行把自己的“泪痕”寄给心上人，作为最真挚的爱的信物。

在宋代，有位叫张君房的文人编写了一部言情故事集——《丽情集》，其中收录了多篇在唐宋时代广为流行的动人传说，其中一篇的题目即为《寄泪》。这则故事随后转录在《绿窗新话》内，改称《灼灼染泪寄裴质》。故事的女主角灼灼，史上真有其人，唐人韦庄曾作《伤灼灼诗》，称其为“蜀之丽人”。围绕这位美人演绎出的“寄泪”故事则交代，灼灼是一位官妓，因才艺而名动锦城。她偶然在一次宴会上与御史裴质相遇，彼此一见钟情，可惜此后便两地分隔，再无见面的机会。绵绵的思念中，灼灼以软绡多聚红泪，密寄心上人。

眼泪怎么会是红色的？又如何能用柔软的手帕收集起来，再

清　张淇　《寄泪图》　无锡市博物馆藏

辽 夹缬萱草纹罗方巾 内蒙古庆州白塔寺出土 赤峰市博物馆藏

寄送出去？其实，如果了解古代化妆品的具体形态，便不会感到惊奇。恰恰是传统生活中特定的化妆方式，催生出“寄泪”这样一种奇妙的示爱之道。

至晚从汉代起，一直到元时，女性化妆时的普遍方法是把红色的妆粉扑在双颊上，由此让颊色秀艳。这种妆粉的主要配料为白色铅粉与朱砂细末，二者与其他一些香料和具有美容功能的中药粉混在一起，成品称为“红粉”“胭脂粉”“桃花粉”“芙蓉粉”。如此上妆之后，一旦女性哭泣，泪水流过脸颊，便会混入红粉，成为“粉泪”，因此也就被染上了红色，变成“红泪”，亦即所谓的“胭脂泪”。所以说，“胭脂泪”在古代生活中乃是真实存在的现象，是指被妆粉染为红色的泪水。这类情况对古人来说颇为常见，于是，唐宋诗词往往很自然地便会提及：“手持金箸垂红泪。”（唐人刘言史《长门怨》）“别酒更添红粉泪。”（宋人贺铸《玉连环》）

逢到与钟情之人长久分离的情况，女性在独自思念的寂寞时刻，难免泪水长流，这时当然要用手帕揩泪，于是，帕子便被染上一抹又一抹的胭脂泪痕：“近水远山都积恨，可堪芳草如茵。何曾一日不思君。无书凭朔雁，有泪在罗巾。”（宋人刘过《临江仙》）由之，大约在唐代，巧慧的女子们发明出一种独特的表达深情的方式，那就是把渍沁了红色泪痕的手帕直接寄给情人，让对方知道，思念如何折磨得自己泪水流淌不尽。元稹的《鱼中素》一诗便细腻地展示了如此传情的过程："重叠鱼中素，幽缄手自开。斜红馀泪迹，知著脸边来。"诗中说，某位男子——也许就是作者自己——收到了一封折叠仔细的素白帕子，打开之后，其上并无一字，只是浮印着几抹斜斜的丹色染痕，让他一下悟到，这手帕曾经为相爱的玉人揩去颊上的泪，带着从她面庞传递而来的余泽。

此般传情方式在宋人当中也很盛行："有情奈无计。漫惹成憔悴。欲把罗巾暗传寄。细认取、斑点泪。"（宋人杜安世《卜算子》）直到元曲的时代，徐再思《寿阳曲》"手帕"一作仍道是："香多处，情万缕，织春愁一方柔玉。寄多才怕不知心内苦，带胭脂泪痕将去。"女性们认为对方不能体会自己为情所困而经受的心理磨碾，便把染满了红色泪痕的手帕送过去，用活生生的证据进行事实教育。

《灼灼染泪寄裴质》的故事就是产生在如此的氛围中。灼灼对裴质难以忘情，但两地远隔，无缘相见，她唯有用一方手帕反复擦拭自己思念的泪水，于是混有红粉的泪痕在帕面上染出一抹又一抹的霞痕，重叠或交织，形成一首泪水写就的无字诗。所以，"寄泪"并不是说真的寄送液体的泪水，而是把满布红泪印痕的手帕递送到心上人手中。

灼灼"寄泪"的传说出现之后，一度颇为流行，显然，那个时

清 佚名 《雍亲王十二美人图》之一 故宫博物院藏

代的无数多情男女都在这个故事中看到了自己的影子，看到了自己曾经有过的真实经历，所以很容易产生共鸣。沁了红泪的手帕在晾干之后，一抹一抹的淡淡胭脂染痕就如印花一样驻留在绢面上，不肯轻易消退，无论对于寄帕的一方还是收帕的一方，都胜过千言万语，道尽了深藏的心迹。

灯花眉黛付多情

中国传统的爱情戏中，一对璧人一见钟情，找个机会互相试探，是必有的关目，且称之为“情试”或“情挑”。当此时节，双方时而火辣大胆，时而退守防卫，男性作家们显然觉得特别刺激，总是会“小宇宙爆发”，把那细腻的心理节奏演绎得甜美缠绵，把氛围打造得极端暧昧，在纯洁与肉欲、爱情与色情之间徘徊。

在我看来，《娇红记》中的“分烬”一折尤属其中之上品。当然，这一折的基本情节并非明代戏曲家孟称舜的发明，而是存在于更早的小说《娇红记》之中。不过，对我们习惯现代生活方式的人来说，“分烬”表现的内容是过于陌生，我就好长时间都没有读懂，直到有一天翻到《娇红记》小说中的相关环节，才忽然明白过来，再返回去读戏文，由此大悟到这一折的温香荡漾。

男主角申纯以“谢诗”为名来到娇红的闺房，撞见她在实施化妆仪式中的画眉环节，具体方式则是“把灯烬描着眉儿”。申生于是问：“敢问这是灯煤耶，烛花也？”娇红回答：“灯花耳。妾用意积之，近方得之。”我想，大多数读者都会和曾经的我一样，对如此的对话，以及随后的展开感到莫名其妙，根本不知道他俩在说啥。密码存在于《事林广记》一书中，这是传为南宋人陈元靓编撰的一本“生活知识实用书”，传授“画眉集香圆”的做法是：“真麻油一盏，多着灯心搓紧，将油盏置器水中，焚之，覆以小器，令烟凝上，随得扫下。预于三日前用脑、麝别浸少油，倾入烟中，调匀，其墨可逾漆。一法：旋剪麻油灯花，用，尤佳。”

原来，眉妆用品的传统制作方法，与书写用墨在原理上一样：把多条灯芯线紧紧搓成一个粗条，置于灯碗内，注满生芝麻油，然后让这个灯碗半浸在水中，由此降温来减慢油烟挥发的速度。点燃粗灯芯，再将一个小碗之类的容器倒扣在灯碗上，这样，灯芯燃烧形成的油烟就会附着在倒扣器的内底上，随时注意将这些油烟扫下、仔细收集起来。提前三天，以龙脑、麝香泡在少量生芝麻油内，令油浸得香气，然后把收集到的灯油烟与这香油调匀在一起，形成黑色的油膏，捏成小圆球，就是“画眉集香圆”，其效果比乌漆还黑。

据《武林旧事》，在南宋临安，“画眉七香丸”（即“画眉集香圆”）已经形成了商业化的生产和流通。不过，女性也可以在家中动手自制此般“画眉墨”，南宋人华岳有《田家十绝》描绘当时农家的生活状况，其中就有句云：“画眉无墨把灯烧，岂识宫妆与翠翘”——农家女子没有途径买墨画眉，就点起油灯，采集油烟，作为对策。

然而，《事林广记》中还有这样一句：“一法：旋剪麻油灯花，用尤佳。”浸在油内的灯芯——也就是近代俗称的“灯捻儿”，会逐渐烧焦成黑炭，叫“灯花”。灯花多了便影响灯焰的亮度，所以需要时而剪去，本来是传统生活中的一个小小的麻烦。但是，古代女性居然把这种丝或麻——以及明清时的棉——线的余烬开发成化妆品！她们发现，把此般灯烬收集起来，画眉的效果比灯烟做成的集香圆更佳！

搞清了这一技术背景，我们才能明白“分烬”一折里那些道白与唱词的含义。申生问娇红，你画眉用的是“灯煤”还是“烛花”？“灯煤”是指烧灯取烟后制成的眉黛，即画眉集香圆的做法；“烛花”则是说蜡烛中的芯线燃余的残烬。娇红回答，两者都不是，而是“灯花”——油灯中灯捻儿的残烬。《事林广记》中提出，芝麻油灯捻儿之炭烬于画眉效果最佳，《娇红记》显然熟悉并同意这一观点，并试图利用这套观念来刻画女主角娇红的细心与优雅，所以强调她用的既不是灯油烟，也不是蜡烛芯烬，而是公认的最佳选择。把灯油捻儿的灯花一点点积存下来，那需要多么大的耐心，多么不懈的坚持，所以娇红说“用意积之，近方得之”，留心攒了很久，最近才获得了足够的分量，加工成画眉之黛墨。

清禹之鼎《闲敲棋子图》，把唐人温庭筠《咏寒宵》一诗中的"委坠金釭烬，阑珊玉局棋"两句转化成画面。现藏天津市艺术博物馆。

这幅作品仔细表现了"委坠金釭烬"的状态，油灯盏内的灯芯草一端点燃，燃烧中形成了黑色炭烬。这些炭烬一点点地落到下面的灯盘上。无意中，让我们了解到，传统女性如何收集灯烬，原来只要随时把落到灯盘上的炭烬细心扫到小容器内即可。

明项元汴撰《项式历代名瓷图谱》中有一张“宋龙泉窑乙花鸡足灯”图，描绘了项元汴同乡士绅家的一件实物灯具。《闲敲棋子图》中的鸡足灯与此灯在造型上风格相近，显示这幅作品非常注意反映真实的生活细节。

由此，也就明白何以这一折叫“分烬”，因为申生向娇红讨要她的画眉妆品，借口是要用那以灯烬调油而得的眉黛代替墨，去写一封家信。随之，旖旎的“情试”过程逐步展开，每一环的进展都出乎观众想象，而每一环都是又露骨又遮掩的互相挑逗。先是双方借着兰烬眉黛，以言辞撩拨，然后娇红应申生索要，用手指挖出一半黛膏，分装于另器，指尖因此染了黛污，便以双关的语气，假意嗔怪：“都是因为你才会这样，你不要没事人一样啊！”说着竟将手指直接在申生的衣服上擦拭。申生也立刻回应：“这个指痕印，我绝对要永远保留着，视如定情的礼物啊！”下一刻则是固定套路，一旦男子如此直白，小姐就立刻变了脸，发怒说：“我对你兄妹相待，你却对我轻薄。”然后威胁要去向父母告发。公子则赶紧赔罪，下跪求饶，并慌忙离开。这让娇红却又担心，她这一番严词说教会引发对方的误会。

“几许兰烬积久成，殷勤一半付多情。”油灯捻儿的焦烬竟能成为少年男女彼此试探感情的媒介，真佩服古代文人的才华。不脱衣服不裸体，甚至没有肌肤的直接接触，却让写作者、表演者、读者和观众都被激发起不安分的性欲，脸热心痒，跃跃欲试，这要算传统戏曲的一大成就，也是最迷人的成就之一。

难怪《娇红记》在清代被列为禁书啊。

美人香气帝王思

让我们一起来编一出传奇吧。

这传奇绝非完全的虚构，人物、情节都是真实的，是历史上的真事，我们所需要的，只是动用一点浪漫，将它们联系到一起而已。

北宋仁宗是位多情的天子，一生宠爱过的美人众多，其中，却以张贵妃风势最盛。这位贵妃甚至没有在史册中留下芳名，用今天的语言来讲，她最初并没有在起跑线上占到有利位置，相反，幼年相当不幸。因为丧父无依，被母亲送入宫中做宫女，相比其他显宦之家出身的后妃，本来就缺乏竞争力。然而，一入豆蔻年华，她以普通宫女的身份，竟迅速博得仁宗的“盛宠”，先后封为清河郡君、才人、修媛、美人，一路升至贵妃。

张贵妃除了容貌美丽之外，唯一可以运用的就是天生的“巧慧，多智数”，也正是凭着这一智力上的优势，她才得以从众多的宫人当中胜出。文献中记录的一个体现其明慧的细节是，即使她所住宫阁中焚爇的香品，也是出于亲自精心设计，与众不同。

宋朝是当时世界的经济中心之一，因此也是奢侈品消费中心之一，世界各地的名贵香料都被运至中国，供上层社会装点风雅生活。然而，对于宋代的有教养阶级来说，像吃饭喝水一样普通而重要的熏香事项，到了张贵妃这里，也被渲染上了鲜明的、个性化的格调。当时为富贵人家所疯狂消费的沉香、檀香、龙脑、麝香之类，她都避而不用，却独独欣赏以荔枝壳、松子膜、苦楝花等若干朴素材料制成的香品。于是，芳气迥异于其他后妃殿阁的“张美人阁中香”不仅在宫中名动一时，甚至被传入民间，引发贵族与士大夫阶层的好奇和模仿。

这种香品的具体内容，可以由文献中大致得其仿佛，如明人周嘉胄《香乘》记有“脱俗香”：

> 香附子（半两，蜜浸三日，慢焙干）、橙皮（一两，焙干）、零陵香（半两，酒浸一宿，慢焙干）、楝花（一两，晒干）、榠樝核（一两）、荔枝壳（一两）。右并精细拣择，为末，加龙脑少许，炼蜜拌匀，入磁盒封，窨十余日，旋取烧之。

该书又引《墨娥小录》，有“四叶饼子香”：

> 荔枝壳、松子壳、梨皮、甘蔗柤，右各等分，为细末，梨

南宋 荔枝纹金腰带扣饰 重庆中国三峡博物馆藏（摄影：动脉影）

汁和，丸小鸡头大，捻作饼子，或搓如粗灯草大，阴干，烧，妙。加降真屑、檀末同碾，尤佳。

惊人的是，清人况周颐所著《眉庐丛话》中有这样一条信息：

每岁元旦，太和殿设朝，金炉内所爇香名“四弃香”，清微澹远，迥殊常品，以梨及苹婆等四种果皮晒干制成。历代相传，用之已久，昭俭德也。

在清朝，除夕之后，元旦的清晨，要在紫禁城内的太和殿上举行一年伊始的隆重大典，文武百官庄严叩拜万乘君王。想不到的是，偏偏在这至为尊贵的场合，殿前一具具大香炉中所焚非沉非檀，反而是用梨皮、苹果皮等四种果皮制成的香品。由于四种果皮本属于多半会被丢弃的东西，于是所成香品便取名“四弃香”。之所以特意在新年的第一天采用这样一种香料，意义在于醒示天下，俭朴的美德乃是天子、国家以及臣民品行的立基所在。

因此，年年的元旦，太和殿上下都是被梨、苹果等四种水果合成的香气缭绕。就在这清淡而缥缈的氤氲中，迎来新升的太阳照耀到紫禁城琉璃瓦上的曙光。

不过，本是粗犷的马背民族的满族皇室并非这一思虑深远的

宋 汝窑三足弦纹樽 故宫博物院藏（摄影：动脉影）

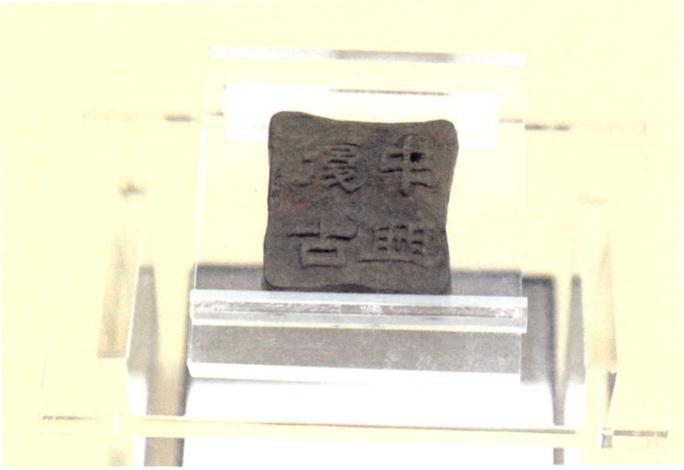

南宋 “中兴复古”香饼 常州博物馆藏（摄影：动脉影）

仪式细节的发明者。相反，在元旦大朝上使用四弃香，乃是“历代相传，用之已久”。以果皮、果渣制作香料，是在宋代出现的制香技术，因此，可以断定，“四弃香”用于朝会的古老传统不会早于宋代。

于是，我们又可以大胆地开动想象了。为什么不呢？想象宋仁宗正是在张美人阁中如丝如缕的香气中批阅奏折，忽然产生念头，决定将这种出身微末的香料用于朝堂上的重大仪式，以这一象征性的气息，向臣子，向天下，宣示勤政爱民、天下为公的圣衷，从此立下了代代相传的法则。

其实，以宋代香道的发达，有着各式各样由制香、用香、品香生发的优美迷人的情节，完全可以供今人将其与当时的政治、文化乃至国际贸易等方面串联起来，编成一部回肠荡气、慷慨与多情兼具的电视传奇长剧。江山美人，文人侠客，画堂朱户，歌台舞榭，经由一缕又一缕的馝馞烟缕，再现出如水墨般洇晕重叠的形影。

误把荷包当香囊，让谁羞愧？

话说，元代作家乔吉曾经收到一只纱香囊，这只香囊是由一位叫作李楚仪的艺伎相赠，表示她对他别有深情。

才子佳人之间私相授受，旁人怎么能知道？原来才子为了这件事特意咏成《水仙子》一曲，题为“楚仪赠香囊，赋以报之”，其曲则云：“玉丝寒皱雪纱囊，金剪裁成冰笋凉，梅魂不许春摇荡。和清愁一处装，芳心偷付檀郎。怀儿里放，枕袋里藏，梦绕龙香。”于是，从此以后天下爱八卦的民众就都知道，这位优质作家收到的香囊是以白色绉纱为材料，由李楚仪亲手制成，内里盛装了气息近似梅花的香料，让人觉得仿佛早春的一点碎片就此被捕捉并锁闭在小纱袋内。女方将这只满载着爱意与愁绪的香囊悄悄送给中意之人，让他白天揣于怀内，夜晚置于枕袋里，日夜都被香气围绕。

应该设法做个普查，除了中国、朝鲜与日本之外，是否还有其他地方在历史上也利用香囊来香身？伊斯兰世界以及欧洲的民众习惯拿香水擦在身上，这一做法在传统中国却没有得到普及。至晚从汉代起，流行的做法就是佩戴香囊，这一风俗一直沿袭到清代。进入二十世纪以后，佩戴香囊的做法像诸多传统生活方式一样，不知不觉便遭淘汰了。结果发生了一个令人惊异的现象，在当今许多人的认知中，香囊居然与荷包相混淆，尤其是居然把“抽口荷包”当作香囊。

历史上的“香囊”一名下包含了多种材质、多种形式。大体上可分为两类，一类是以金银、玉、翠等硬材制作的小盒，盒面镂空以散发香气；一类则是以纱、罗、锦、缎等织物缝成的软质小袋，到了明清时也称为“香袋”。

织物做的香囊一般拴系在内衣上，是与一个人的身体最为亲近的小物件，往往由女性亲手精心绣、缝而成，所以，不奇怪这种散香小袋常成为多情男女之间传达爱的载体。从出土与现存实物来看，从汉到宋，织物做的香囊为带有开口的小袋，可以多次更换其中的香料。但是，从元代开始，很多织物香囊在装入香料之后即将开口缝死，也就是说，香囊内的香料不能更换，变成了“一次性用品”。一旦囊内香料的香气散尽，这件织物香囊也就服役期满，就此弃置不用了。推测原因，大约因为织物香囊往往贴身佩戴，难免沾染汗与尘，又不方便洗涤，所以干脆用过一次之后就放弃。然而，如此的一次性香袋都是设计精心，造型表现寓意吉祥的主题，动用各种精湛的女红技艺，需花费做袋人极大的心血，件件均为上乘的工艺小品。这些

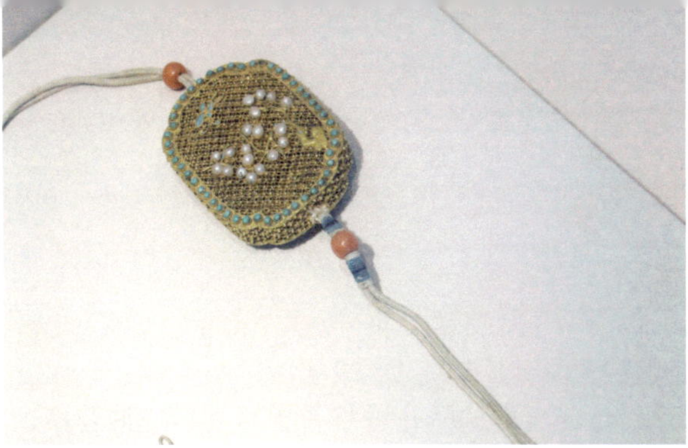

清 金镶珍珠香囊
故宫博物院藏
（摄影：动脉影）

辽 绣花荷包
内蒙古博物院藏
（摄影：动脉影）

唐 褐地刺绣香囊
甘肃省博物馆
（摄影：动脉影）

清 红缎地盘金绣团寿纹荷包
清华大学艺术博物馆藏
（摄影：动脉影）

精美巧丽的绣花香袋在香尽之后便被替换，实际上是时时翻新裙边带下的小饰品，倒也属于传统生活中一种无法复制的奢侈。

荷包则是盛装各种零碎物品的活口小包，与香囊属于两类截然不同的日常用物。中国的传统服装上一直不曾出现“衣袋”这个组件，于是，人们出于实际需要，会在腰带或衣带、裙带上垂挂一个或多个活口小袋，在其中装盛随手会用到的物件。这种随身小袋在历代的叫法不同，样式也变化不已，“荷包”一词大致出现在元代，也是在这个时代，抽口荷包的样式开始流行。

所谓抽口荷包，就是于荷包接近开口的部位穿系一条绦带，通过拉扯绦带将荷包的开口收紧，反之则能令荷包的开口松开。绦带的多余部分还可作为挂绳，拴系到腰带或裙带上。这种形式既简便又灵活，不仅在明清时代的中国变成荷包的主流形式，还传入日本、欧洲，于东洋、西洋的上流社会都大大的走俏。

荷包与香囊的功能不同，彼此无法代替对方的角色，当然也就决定了二者在形态上彼此相差很远。《红楼梦》中，黛玉误以为宝玉把她亲手做的荷包给了小厮，一怒之下铰坏了没做完的香袋，这个情节就很典型地反映出，传统生活中，这两种物品彼此绝不混淆。由于抽口荷包的实用性极强，所以得以一直传承下来。但是却造成很多人把荷包误当作昔日的香囊，这不仅委屈了香囊，更委屈了属于我们的历史。

顾太清与香串

爱情是永恒的，但对爱情的比喻，却需要即景生情，取决于痴心人的具体生活经验。如果仔细盘点，围绕香气的诸般谈情说爱的现象，在当代人这里应该不多，即使涉及，也无非玫瑰，百合，香水，有限的几样，单调而空泛。

但在往昔的中国，特别是在上层社会的风雅生活里，以香之种种来喻爱意，譬情思，诉离苦，盼重逢，纷纷纭纭的缠绵委婉，简直是个熟练活计。

说起这等前尘碎事，今人大约首先想到的会是香袋，亦即香囊。传统生活中，香囊往往贴身佩戴，拴在内衣的系带上，与意中人肌肤相亲，自然是表情仪物的优选，也频频地见诸文学表达，表达情感的深切。今天的人，大概难以想象用香炉来示爱吧？所以如果有人唱“我是香炉你是香”，大家一定觉得这人是在搞笑。但是，在南北朝时，就是有这样的民谣：“欢作沉水香，侬作博山炉。”因为，那时贵族居室中普遍摆设博山炉，而且一座赛一座的精美。

博山炉兴起于两汉时期，大概炉顶香烟袅袅很容易让人想到云烟出岫的场景，所以不知由谁起的灵感，把海中仙山的意象赋予了青铜香炉：炉顶铸造为层层耸立的山峦，其间还点缀着各种动物形象。炉体下方为单足座，雕成盘龙，象征由龙来沟通天、人、地的观念。当时，香炉一定要放置在一只圆盘当中，燃香的时候，盘中注上热水，让热水散发的蒸汽洇润炉中升起的香烟，由此增加湿气，并且承接炭灰。于是，在古人那里，水盘便象征大海，而盘中之炉则象征孤矗大海中的蓬莱仙山。由此，把对长生仙境的向往，寄托在席畔案前的香炉上。

很有意思的是，晋唐以后，佛教大兴，博山炉所配香盘又被赋予"旃檀香海"的佛教观念，沿袭到元明，又被添加了"福山寿海"的吉祥含义。正是在这样的背景里，很自然的，南北朝时的多情男女会想到以博山香炉与进口沉香的关系，比喻双方难以分离，天然相配，非常珍贵，值得珍惜。

从唐代开始，香炉的造型愈发丰富，不同造型的香炉还有了不同分工，于是，以香炉表达心绪的措辞也益发婉转机巧。有一种做成动物造型的小香炉，以鸭形最多，此外也有鸂鶒、兔、狮子等，这种小香炉固然可以派各种用场，但人们喜欢将之放置于床帐内的

[左图]汉 错金银博山炉 河北博物院藏（摄影：动脉影）

西汉 鎏金银竹节熏炉 陕西历史博物馆藏（摄影：动脉影）

北宋 汝窑天青釉鸳鸯钮熏炉盖 河南省考古研究所藏（摄影：动脉影）

一角，令其在静夜中悄悄吐香，氤氲就枕人的眠寝。于是，唐人和凝一首《何满子》中就有了这样的慨叹："却爱熏香小鸭，羡他长在屏帷。"因为爱慕一位美人却不能如意，便不由得羡慕她床帐内的鸭形小香炉，在每个夜晚，都能陪伴在她身畔，共度梦沉梦醒的私密时光。

往昔，还曾有一种特殊的"时钟"，叫印香、香印或香篆，利用燃香的缓慢过程来标示时间。其大致方法是将若干种特定的香粉配在一起，通过木制或铜制的花范，在香炉内的灰面上形成绵长不断、回环转曲的长带。然后点燃一头，于是，一星燃火就会慢慢蚕食香粉塑就的回转长纹。配料特殊的香粉不仅燃烧缓慢，而且燃速均匀，这样，人们根据燃香的进度，便可知道具体的时辰。当时有专门善于打香印的手艺人，能够保证一只香篆匀速燃烧一个昼夜，他们会为固定的客户终年提供服务，每天前去制作一个表示十二个时辰进展的燃香时钟。在乔吉笔下，这种奢侈的钟表也用以表达情感的失意与爱恋的坚执："一点雕盘萤度秋，半缕宫奁云弄愁。情缘不到头，寸心灰未休。"（乔吉《凭栏人》）那沿着粉带缓缓移动的红色火星，恰像绵绵不断的思念，而升起的轻烟则如同丝丝愁绪。就像香篆一定烧到尽头才会熄灭一样，只要情感的缘分一日未尽，就一日不肯放弃，不肯轻易心灰意冷。

往昔，无论男女，都有佩戴散香饰物的习惯，尤其是夏季，

清丁月湖《印香图谱》中的香篆图案之一——“几生修得到梅花”

更是身上须臾不可少，以此来祛除汗味，让身体芳洁。散香饰物精致多彩，形式不一，除了香囊之外，还有用香料与中药合成的各种固体小饰品，到了清代，香珠成为最流行的选择，入夏以后，无论男女都会佩戴它。香珠均采取手串的形式，一串上有珠十八颗，可以戴于左腕上，也可以悬挂在位于右胸处的衣襟第二颗纽扣上。因此，清代有身份的男性与女性在左腕或右胸佩一串香珠，是非常普遍的景象。随之，便有了著名女词人顾太清的词作《南柯子·咏香串效唐人体》：

宝串垂襟软，温香著体柔。青丝贯取意绸缪。只要心心相应、总无愁。　步月难寻梦，临风怕倚楼。江皋玉佩为谁留。又惹一番牵挂、在心头。

词中以“江皋解佩”的典故，揭明所咏的香珠串乃是有情人表明心意的赠物，惹动着受赠一方的心潮。而那贴身散发的柔和香息，恰如对方的温情款洽，贯穿珠子的丝线则象征着恋情的持久不断，成了一对人儿共同心愿的最好表白。

在今天，如果有谁写下这样的句子：“你以香奈儿今年夏日的最新款香水，让我那条去年的爱马仕丝巾重焕芬芳。”一定会贻笑大方吧，读者大概会觉得这种句子真是俗气的恶趣味。然而，在往昔的世界，在传统的文化氛围里，类似的表达，为什么就那么自然大方，那么畅行无阻啊？

清 迦南香嵌金长圆寿字纹十八子手串 故宫博物院藏（摄影：动脉影）

佳节

闹蛾灯球映上元

正月十五是上元节，也是富于狂欢气氛的灯节。在宋代，这个节日对于女性来说有一项特殊的快乐，就是在头冠上插满多种唯此时才会佩戴的特定小首饰，打扮得光彩华艳，然后出门赏灯。

上元节小首饰的花色，以朱弁《续骫骳说》“元宵词”一条列举较全：“都下元宵观游之盛……又妇女首饰至此一新，髻鬓篸插，如蛾、蝉、蜂、蝶、雪柳、玉梅、灯球，袅袅满头，其名件甚多，不知起于何时。”

诸般头饰中，第一不可或缺的就是各式袖珍灯笼，当时叫“灯球”。女性把这些小灯笼挑在钗头，形成独特的上元节专款步摇。此般应节玲珑物看来可以凭多种材料与方法制作，宋代侯寘作有《清平乐》词一首，题为“咏橄榄灯球儿”，就展示了很新鲜的一种情况：

缕金剪彩。茸绾同心带。整整云鬟宜簇戴。雪柳闹蛾难

清 金嵌玉簪 首都博物馆藏（摄影：动脉影）

赛。　休夸结实炎州。且看指面纤柔。试问苦人滋味，何如插鬓风流。

词所咏灯球儿戴于发环、插于发鬓，且与“雪柳、闹蛾”争胜，显然正是指元宵节女性头上所戴之物。在词中，是把金箔、彩帛、彩纸等剪碎（“缕金剪彩”），贴在橄榄果的表面上形成花纹，这样让橄榄果转变成小彩灯笼的形象。然后用绒线吊住橄榄果变身的灯球即“橄榄灯球儿”，打出同心花结（“茸绾同心带”），就可以系挂到簪钗头。在善于女红的宋代女性那里，这样的小玩意完全可以自己动手制作，所以词中说“休夸结实炎州。且看指面纤柔”——虽然小果子是产自南方，但在玉指灵动下完全改变了外观与用场，以致词人凑趣说“试问苦人滋味，何如插鬓风流”——橄榄本来味道苦涩，借上元节的机会转而垂在钗头，在乌鬓边晃荡，为女性添媚，倒是更妙的用场。

据词中透露，元宵节时女性插戴小灯笼的风格是“簇戴”，不是挂一个两个，而是一下戴若干个，形成一簇。类似的风尚一直沿袭到明代，如《金瓶梅》里就描写，正月十五之夜，潘金莲的打扮是“头上珠翠堆盈，凤钗半卸，鬓后挑着许多各色灯笼儿”。

大约因为灯节的夜晚会有很多蛾子绕灯扑飞，宋时上元夜里另一项主打头饰居然是“闹蛾”，也就是各种飞蛾。史浩《粉蝶

清 灯形金耳坠 宁夏博物馆藏
（摄影：动脉影）

明～金 金耳饰 大同市博物馆藏
（摄影：动脉影）

明 蝴蝶形金饰 南京市博物馆藏（摄影：动脉影）

儿·元宵》云："闹蛾儿、满城都是。向深闺，争翦碎、吴绫蜀绮。点妆成，分明是、粉须香翅。"由此可知，闹蛾是用绫绮等织物剪成，往往由妇女动用剪刀功夫亲手制作，在剪好的蛾形上还要用色彩描画须子、翅纹。这一习俗发展到明代，则是从除夕起就开始戴闹蛾，如刘若愚《酌中志》所记："自岁暮、正旦，咸头戴闹蛾，乃乌金纸裁成、画颜色装就者。亦有用草虫、蝴蝶者，或簪于首，以应节景。"明代宫中的闹蛾是乌金纸剪就，以颜彩添画翅纹等细部。

必须明白的是，宋代妇女，特别是年轻妇女，只要稍有点地位、财力，都要在头上戴各式各样的冠子，把发髻罩扣在当中。所以，闹蛾、灯球等饰物乃是插饰到冠子上，至于具体方式，是"闹蛾斜插"（杨无咎《人月圆》），飞挑在半空，人一动，闹蛾等也就会摇颤不止，那样子很是活泼。据康与之《瑞鹤仙·上元应制》："闹蛾儿满路，成团打块，簇著冠儿斗转。"可知女性冠上的闹蛾同样以多为胜，是一簇又一簇的插戴，拥堆成团。于是成群的彩蛾围绕在"冠儿"周围，随着伊人的行动而晃颤翻飞，真像成群的飞蛾绕着灯球嬉闹一样。满街出游的妇女，个个都是一头围冠振翅的闹蛾，场面便很壮观："闹蛾儿转处，熙熙语笑，百万红妆女。"（赵长卿《探春令·元夕》）

闹蛾、灯球之外，冠子上要插戴的小饰物尚有蝉、蜂、蝶以及玉梅、雪柳、菩提叶等。赵师侠有一首《洞仙歌·丁巳元夕大雨》便极生动地呈现道："元宵三五。正好嬉游去。梅柳蛾蝉斗济楚。换鞋儿、添头面，只等黄昏，恰恨有、些子无情风雨。"元宵节当天，一位女性着意打扮，换上新鞋，精心插戴多种首饰，冠子上更是应节小饰物一样不少。就等着黄昏一到，如此形象光鲜地出去游街，看灯看人看热闹，也让自己的形象任旁人看。没想到天不遂人愿，忽然下起了大雨，没法出门，白打扮了！

吴月娘的元宵节

近年春节的一个奇葩话题是，一些乡下地方仍然延续着“不许女人上桌”的陋习。而网友们犀利地指出，这种所谓传统，其根源无非是贫穷造成的窘迫。

对于此种现象，我们也许可以参考一下《金瓶梅》中的描写，小说里展现的是明代北方城镇的市民生活，西门庆和他的妻妾虽然不是什么有文化的人，但是，在他们的社交圈子里，公认的准则是男主人招待男客，女主人招待女客，也就是“男女不同席”，而不是“女人不上桌”。

《金瓶梅》把西门庆新官上任之后的第一个元宵节当作重头大戏，从四十一回一直写到四十六回，其间，女人们互相请来请去，正月十二日是乔大户娘子请西门庆的妻妾去吃酒，席间促成了乔家女儿长姐与李瓶儿所生官哥的娃娃亲；十四日是正室吴月娘率金莲玉楼们在家中宴请“众官娘子”——西门庆“同事”们的太太；十五日同样是由吴月娘主持，摆酒招待乔家的“皇亲”

明代木刻《金瓶梅》插图“逞豪华门前放烟火”

乔五太太，并且替李瓶儿过生日；十六日晚则是月娘几人去吴大妗子家吃酒看灯。

这四场宴会的奢侈给人留下深刻印象，比如其中一个细节是，这些阔太太出门吃顿饭，要有下人负责抬衣箱、女仆跟着收叠衣服。这是因为大家正式拜会时都要按照丈夫的官阶、各自的身份穿最高级的礼服，佩戴满头珠宝。这套衣冠非常贵重，绝对不能沾染污渍，又不方便行动，所以完成最初的见面仪式之后，就要立刻换一套相对轻便的衣服。吴月娘等人到达乔家，先被迎到后厅中“叙礼”，在互相打招呼当中排定尊卑次序，决定各人的座位。坐定后，丫鬟上一道茶，同时男主人乔大户露面拜见月娘，接着，这些女客就被引到房中去“宽衣服”，也就是换下礼服，另换一套华美衣裙。

这第一次更衣之后，有一道吃茶环节，主人摆出各种各样的糕点零食水果，大家喝茶吃点心。然后宾主一起入座酒席，席间有四道大菜，上过第三道后，吴月娘与孟玉楼再次离席更衣。也就是说，外出赴席一次，至少要准备三套衣服，其中两套都是由下人带到主人家后更换。

小说中，这些展开在女性世界中的宴席非常豪华，与男性的宴席一样，要请专业厨师来置办酒席、有名的戏班子来演戏、妓女来席上弹唱，在主宾之外，还要请身份相称的多位女宾作陪，摆出的

賣富貴吳月攀新

明代木刻《金瓶梅》插图“卖富贵吴月攀新”

席面也是十分铺张，如吴月娘招待乔五太太，吃茶时伴以四十碟茶果，酒席则是五道大菜与三道汤。当时还有个规矩，主厨会亲自来献上每一道大菜，而主宾都要当场赏赐银子，另外戏班子、妓女也都要给赏钱。可见，传统社会中的所谓“礼法”，竟是靠金钱堆积出来的。

在吴月娘等女眷活跃于宴请之时，西门庆倒是很上心地扮演“女人背后的男人”，忙前忙后地张罗，事无巨细地考虑周到。十五日当天，众官娘子来家中做客，他甚至特意到另一处房产中去过节，把正宅让给女人们。西门庆深知，这些宴会自有意义，是当时社会中重要的社交活动，会给他带来各种意想不到的利益。瞧，吴月娘去了一次乔大户家，不是三天后就引来了乔五太太吗？“当今东宫贵妃娘娘”是这位老太太的亲侄女呢！

如果留意翻阅古典小说，不难发现不少类似的情节。在往昔的中国，上层社会、富裕地区以及城市里，大致采取类似的“礼制”， 男人请男人的客，女人请女人的客，互不混淆。所谓女人只能吃男人的剩饭，根子确乎在贫穷，然而，在落后地区，虽然今天也未必缺吃少穿了，却由愚昧的人当作宗族家法来维持。贫穷并不可耻，而是人类的痛，应该由所有人一起去努力消除。由于贫穷而产生的陋习，则只配鄙弃。

宋时端午的珠符袋

最近看到，日本设计师推出了一种“福袋”项链，项链的吊坠是个金珠或银珠串成的小袋，袋里放有一颗大珍珠，这让我立刻想到了宋代端午节簪挂符袋的习俗。

说起端午节的传统，今人大多都知道要在衣襟上挂香包，但是，大约从宋代起，人们在节日这天还要在簪头系吊带有吉祥含义的彩符，叫“钗符”。苏轼有一首《浣溪沙》，描写“明朝端午浴芳兰”的佳节气象，便道是：“彩线轻缠红玉臂，小符斜挂绿云鬟。佳人相见一千年。”此外，宋词中相关描写很多，最有意思的是李石的《长相思·重午》：“鬓符儿，背符儿，鬼在心头符怎知？相思十二时。”——就算这些灵符真能驱邪，但藏在心里的情感，符儿猜不到，也管不到呀。

据《梦粱录》解释，《抱朴子》中有言，应该在五月五日这一天把赤灵符挂在心前，以此祛避灾异，宋人乃是沿袭了此一风俗。从“背符儿”一词可以看出，在宋代仍有把赤符挂在身上的做法，不过，是簪在钗头的“钗符”成为主流。陈元靓《岁时广记》“钗头符”则具体解释：“端五剪缯彩作小符儿，争逞精巧，掺于鬟髻之上。都城亦多扑卖，名钗头符。”可知钗符大多为女性自己用彩色绢罗剪成，不过，天子会向后妃、王公重臣赏赐内廷的精制品，各家道观则主动将这种瑞符送到贵宦之家的府邸上。在当时人的观念中，由道士做过法术、写有咒语的钗符是最佳选择，带在髻畔，格外吉祥：“御符争带，更有天师神咒。”“双凤钗头，争带御书符。”（《岁时广记》引宋人词句）“玉燕垂符小，珠囊结艾青”（崔敦《淳熙七年端午帖子词》），端午时分，女性或垂钗符，或簪符袋，也或者将两样小饰物同时系于髻畔，成了节日里最迷人的细节之一。这一风俗一直流行到明时，符袋简化为纱罗制成，内里安放道家符箓，如明人高启即有《钗符》诗云：“灵篆贮纱囊，薰风绿鬓傍。从今能镇胆，不怯睡空房。”与之形成印证的是，在北京定陵，万历皇帝的皇后之一——孝靖皇后入殓时，发髻上便插有一支银簪，梅花形簪头上串着一个长2.1厘米、宽1.5厘米的小纱袋，袋内装有朱砂，考古出土时沙袋依然完好。这很显然正是明代符袋的实物遗存。

很有意思的是，在宋代，端午节饰中还有一种叫作“道理袋”“搐钱儿”的小袋，是用红白两色绢罗做成一个开口小袋，“以彩线贯之，搐使如花”（《岁时广记》），实际上就是后世所说的抽绳荷包，但特意在拉紧抽绳时，让收束的袋口褶皱得如一朵

明 孝靖皇后发髻
定陵出土
（摄影：动脉影）

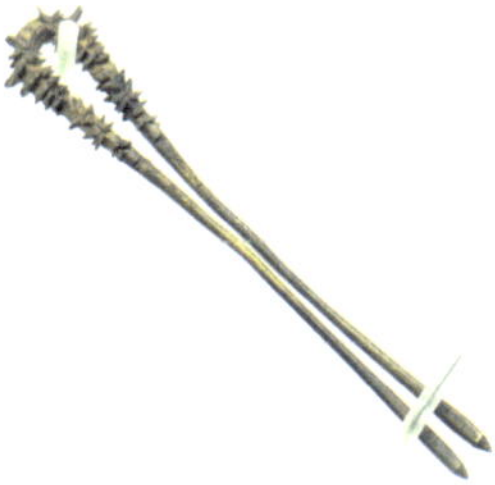

南宋 珠袋与金钗
江西德安周氏墓出土
（摄影：动脉影）

花。这种红白两色的小荷包，如果其内装入稻米和李子，就是“道理袋”，否则就是“掿钱儿”，“或带，或钉门上”。当时有端午词描绘一位时尚女子的节日打扮，即包括“香袋子，掿钱儿，胸前一对儿”。

很可惜，这些有趣的风俗细节在今日已基本消亡。倒是日本的首饰设计师设计出的福袋吊坠，反而无意间再现了中国古代符袋的韵味。

醒骨纱与芙蓉布

欣赏传统诗词，时而会读到关于“试衣”“换衣”的描写，如李清照有“乍试夹衫金缕缝”之句。原来，古人随着季节的转换，会有规律地换穿面料不同的服装，“试衣”是指初次试穿为新季节预备的衣服，“换衣”则是说，随着季节转换，服饰也要来一次彻底的变更。“试衣”“换衣”虽然属于生活琐事，但能让人真切地感受到年光流转，世事匆匆，所以每每见诸诗词，文人借之抒发或喜或悲的感怀。

非常有意思的是，大约从南北朝时期形成了一个风俗，端午节这一天固定成为全社会集体换穿夏季服装的日子。因此，一直到宋代，端午节的重要内容之一都是试穿夏衣，这一天，宫中要向皇帝进献夏季御服，皇帝也要赏赐群臣用特定面料制作的清凉服饰，民间则是全体都在这一天收起春装，改穿适合新季节的、轻薄料子裁制的衣裙。

夏服所用的面料一定要透气、透汗，所以以蚕丝织成的纱和罗为上选。不过，在唐宋时代，利用纱、罗裁成的夏季服装有个专称

“生衣”，与之相对的则是其他三季所穿的“熟衣”。生衣与熟衣的区分在于加工程序不同，熟衣采用绫、绮等厚实织物，要刷上粉浆，再用石杵反复捣打，称为“捣练”。经过这种处理，织物更会变得经纬紧密、厚而不透风、质地结实、不易脱丝，做成衣服也就更为保暖，并更耐磨耗。相反，生衣免去了捣练的环节，经纬较为稀疏，形成透气的孔眼，因此散热的性能良好。白居易就有《寄生衣与微之，因题封上》一诗，形容他送给元稹的生衣是“浅色縠衫轻似雾，纺花纱袴薄于云”，长衫与裤子都是采用丝织的轻纱，如雾如云。注意，如此精美的纱衣并非女子的专利，男性也一样可以享受，白居易所寄的生衣就是专门为好友元稹定制。

杜甫著有一首《端午日赐衣》：“宫衣亦有名，端午被恩荣。细葛含风软，香罗叠雪轻。自天题处湿，当暑著来清。意内称长短，终身荷圣情。”诗中说，端午这一天，他作为百官中的一员，享受到获赐精美夏服的福利，对圣恩充满感激。出于皇家工坊的夏衣中既有丝织的轻罗，也包括细软的葛纱。这就触及一个重要的历史情况，即，在丝织物之外，各种利用植物纤维制成的软纱，同样也是重要的夏季面料。

《天工开物》中专辟“夏服”一节，介绍苎麻、葛、苘麻、芭蕉所成的纱、布，可见植物纤维对于夏季面料来说意义重大。其大致工艺是把植物的茎皮加以剥析，分出一条条细细的长丝，再捻成

明 香色麻飞鱼袍 山东曲阜孔府博物馆藏

线，作为经纬加以纺织。

麻、葛、芭蕉织纱的历史都很长。据《清异录》记载，在五代时，江西临川、上饶的巧匠还创制出把芭蕉茎丝与蚕丝捻在一起形成长丝的方法，然后用这种合成的长丝织就轻纱，“夏月衣之，轻凉适体”，于是得到一个清新的名称“醒骨纱”。当时的时髦人士用这种蕉纱做成样式典雅的长衣，称为“太清氅”，相应的，短衫则叫“小太清”。

《广东新语》在葛、麻之外，还提到用竹皮、木芙蓉茎皮析丝捻线织成的细布，称为竹布、芙蓉布，同样适于做夏服。另外，苏州一带出产一种“黄草心布”，是将一种“黄草”的梗芯析丝捻线，织成品几乎如丝罗一般洁白精细。自宋至清，黄草布在江南一直持续生产，始终是倍受青睐的夏季专用面料，不仅裁作衣装，还可缝制蚊帐、充当糊窗的窗纱，甚至被用作灯笼上的罩纱。这些记录今天听来显得颇为奇异，其实正反映出，古人在开发植物纤维一事上经验丰富，非常善于调动自然资源，提升生活的品质。

无论纱、罗，还是葛纱、蕉布，因为质地轻薄，所以都是半透明的状态。人们在家闲居时，会直接穿着以如此料子制作的服装，像《金瓶梅》中就写道，盛夏之日，李瓶儿上穿白银条纱衫，外罩大红蕉布坎肩，下穿大红纱裤，其外围一条带有金线绣花的纱裙。结果，日影一照，不仅红纱裤映现在裙色中，更能透过裙、裤的两重纱色清晰看到她的一双玉腿的轮廓以及雪白的肌肤。

一旦身处郑重场合，当然不能穿着如此透漏，因此，在往昔，即使炎夏，无论男女，逢到办正事时，都要在华丽的纱衣下衬穿一套密实衣料做成的袍服，以此避免暴露身体。这种风俗固然难免令穿衣人汗流浃背，不利于祛暑，但视觉效果却华丽典雅。据说，崇祯皇帝的宠妃田贵妃曾命人用各种彩色绢罗剪成花叶，缝到纱衣的面上，形成精美的花鸟纹样，然后在纱衣下衬以色彩既具对比又不失和谐的长衫，里外虚实相生，让层次感更为突出。

其实，田贵妃的做法并非多么出奇，在往昔生活中，不仅女性，上层社会的男子一样善于玩转里外两层服色互相映彩的游戏。一个著名的例子就是，万历时，宫中大太监们不守礼法，夏天逢到先帝的忌日时，外罩颜色沉素的青色或油绿色纱袍，却在内里再衬穿一道玉色素纱袍，让浅蓝的纱色在青绿纱下泛映出来，按照当时的观念，实为大不敬之举。

总之，古代的中国男人闷骚得很，夏季穿官服或者礼服，都是一层衬服之外再套穿轻纱袍服，纱影翩翩，映在内衬的衣色上，让各种或织或绣的华丽花纹更加鲜明绚丽。他们就是这个样子去宫中上朝，去参加士大夫的聚会，塑造着传统社会独有的奢侈与典雅。

[右图]清 石青暗花纱衮服与龙袍罩穿的实物搭配 沈阳故宫博物馆藏

清 佚名 《六十八代衍圣公孔传铎像》 山东曲阜博物馆藏

七夕赛巧斗穿针

七夕是传统的女性节日，这一天的主角为年轻女性尤其是未婚少女，因此也叫“女儿节”“女孩儿节”。 随着时代与地域的不同，七夕节这一天开展的活动也有着多种的变化。不过，其中有一项竞赛性的游戏自始至终延续不绝，永远属于节日的中心环节之一，那便是“月下穿针”。

《西京杂记》中讲述道：“汉彩女常以七月七日穿七孔针于开襟楼，俱以习之。”依其说法，在汉代就已经有了七夕夜晚女性们聚在一起比赛穿针的风俗，包括宫廷中都年年开展这一活动。另外，南朝宗懔《荆楚岁时记》明确记载，“七月七日，为牵牛织女聚会之夜”，“是夕，人家妇女结彩楼，穿七孔针，或以金银瑜石为针”。由此可知，这一风俗至晚在南北朝时期已经确立，甚至可能上溯到汉代。

“嫔妃各以九孔针、五色线，向月穿之，过者为得巧之候……士民之家皆效之。”（《开元天宝遗事》）“向月穿针易，临风理线难。”（唐祖咏《七夕》）七夕穿针活动的最大特点就是在月光下进行，也就是说，特意避开灯光，没有人工照明的帮助。一如近人金易、沈义羚《宫女谈往录》一书中介绍清宫乞巧活动时所言，在夜月下穿针，光线过于模糊，其实根本不能依靠目力，“全凭感觉”，凭的是大家在日常女红劳作中培养起来的灵敏手感，依靠手指对针与线的极度熟悉与超常掌控力来完成引线入针的动作。所以，这个活动类似现代士兵蒙起双眼拆装枪支的训练，实质是检验年轻女性们的女红水平，并且是通过穿针这个一切缝纫工作的最初步的环节来展开测评。

中国古代女性在针线功夫上的精湛也着实惊人，自小学习女红的年轻女孩子们显然大多能自信地参与七夕穿针比赛，并且顺利过关。自南北朝至唐代，人们会在节日前特制七孔针、九孔针、双眼针等，这些只为七夕预备的针具往往以金银为材，针身上排列多个针眼。比赛时，参赛的女伴们按照约定的规则，在一枚多孔针的每个针孔之内各穿入一条不同色彩的丝线，然后还要“连针学并蒂，萦缕作开花”（徐悱妻刘氏《答唐娘七夕所穿针》）——把两枚多孔针的彩线彼此结在一起，再打出精致复杂的花样。这一在昏暗中进行的高难度游戏必须于规定时间内完成，以速度快者为优胜，然后还要从线缕是否匀整、结出花样的难度与巧意等各个方面来进行评定。

清 吴友如《海上百艳图》之“针穿七孔”

到了明清时代，不再流行多孔针，改用普通钢针，要求参赛者先为一组十根细针一一穿入细线，再为一组十根粗针分别穿入粗线。关于清代七夕之夜女孩子们的“赛针会”，《宫女谈往录》一书有生动细致的讲述，读来温暖动人。

从汉代以来，将近两千年里，中国女性能够在月下“盲”穿针线，“盲”打花结，一如现代士兵蒙眼拆装枪支的娴熟与快速，说起来真是了不起的奇迹。传统女性一向被标签为“大多不识字”“没文化”，其实，经过一代代的训练与传承，她们在某些“物质文化”领域如女红、烹饪上个个都是特种兵的水平，只是其成就遭到无视而已。

素馨花艇渡七夕

“七夕悬素馨灯乞巧。”明末文人黎美周《花底拾遗》里如是写道。这一条可不是无中生有的空想，而是反映了作者家乡广州的真实风俗，通体缀满素馨的花灯，为明代广州的夜晚营造着风情，更将这个城市的节日点缀得分外绮丽。

素馨花又名大花茉莉，花朵白而细碎，香气浓烈，但带有清寒的韵味，非常符合中国人的审美，因此从宋代起就是制作香品、化妆品的重要原料。这种花远从波斯（今伊朗）移植而来，自宋至明，广州城外一直有大片的素馨花田，形成了专业的种植基地。于是，广州人可以非常奢侈地随意使用素馨花，结果是这种香花一度成为广州的城市生活中异常活跃的因素。

文献记载中，令人印象最为深刻的是素馨灯，《广东新语》记载道：

花又宜作灯，雕玉镂冰，玲珑四照，游冶者以导车马。故

清　居廉　《十香图册》之“素馨”　香港艺术馆藏

杨用修云："粤中素馨灯，天下之至艳者"……秋冬作火清醮，则千门万户皆挂素馨灯，结为鸾龙诸形。或作流苏，宝带葳蕤，间以朱槿以供神。

当地有专门擅长制作这种花灯的匠人，他们用铜丝串连素馨的花朵，编成鸾凤、翔龙、飞禽、游鱼等复杂造型的立体灯笼，一旦在其中点上蜡烛，倒像是寒冰或白玉雕镂而成的玲珑工艺品在发光，随着光焰一起的，还有不绝的花香，二者携手悄然冲击夜色。平日，当人们夜晚出行的时候，会把素馨灯挂在车轿上，或者由仆役提着这种花灯走在车马前引路。一旦逢到元宵、七夕、中秋三大节日，素馨灯便要扮演装点节日气氛的重要角色。

更为美妙的是，七夕时，人们还为女孩子们特意扎制"素馨花艇"：

广中七七之夕，多为素馨花艇，游泛海珠及西濠、香浦。

七月初七夕为"七娘会"，乞巧，沐浴天孙圣水，以素馨、茉莉结高尾艇，翠羽为篷，游泛沉香之浦，以象星槎。

在明朝的广州，七夕这一天的晚上，未婚少女们要举行"七娘会”，聚在一起乞巧，然后在海珠、西濠或沉香浦乘坐“素馨花艇”，于水面上纵游。素馨花艇非常神奇，为了模仿传说中的“星槎”，一律采用尾部翘起的“高尾艇”，艇上不仅有素馨灯，还需“芳蕤作幄”，用无数素馨花串成的长流苏在艇上纵横垂挂，密集如同帐帷。因此这是真正意义上的“花艇”，船体遍覆雪白的花络，周沿则是冰玉般的花灯流光吐麝。

据晋人张华《博物志》记载，曾经有敢于冒险的人登上在海上漂浮的“仙槎”（槎即木筏，传统艺术中总将其表现为尾部翘起的形式），向着大海深处一路航行，最后竟然驶达天上的银河，遇见在河边牛饮的牛郎。广州人将这一古老传说融入七夕节日的内容之中，每到佳节将近时，船家会在高尾艇上搭起篷架，“翠羽为篷”——篷顶完全用孔雀的翠尾覆盖，形成一座碧羽结成的华帐，周围以素馨茉莉的流苏长络装点，再垂吊冰玉般的素馨灯，同时也会点缀一些用茉莉花串成的茉莉灯。在那个时代广州人的想象里，传说中的“星槎”就该如此华丽，然而，这般神奇的船儿即使天上也不会有啊！

黎美周是地道的番禺人，对于素馨花在当时生活中的作用无比熟悉，他著有《素馨赋》，其中描写“双七之宵”为：

则芳蕤作幄，新月如钩，海上载求仙之童女，水际排乞巧之高楼。灿明灯于重檐，俨列冕之垂旒，何玲珑之雕玉，覆火齐而作舟。总贯蘂之所为，若镂冰而笼篝；布经纬以如意，象禽鱼之优游。恒有香以避暑，纵无声而知秋。

在赋文的描写下，七夕时沉香浦等地的场景真是辉煌而奇妙，不仅花艇，沿岸并肩连幢的高楼也悉数以素馨花装饰。人们把素馨花灯连成长串，一条一条地垂挂在这些楼房的屋檐下，看上去仿佛帝王冠冕上的珠旒成排，以如此的方式，让水畔的居民楼在当晚化身成乞巧楼。女孩子先在这些为素馨花香笼罩的楼阁上开展乞巧活动，拜织女星、穿针、看水碗中浮针的映影……然后结伴转移到溢放着素馨灯、茉莉灯的光与香的素馨花艇上，乘着花艇在水上泛游。

当花艇纷纷启行之后，广州一定是那一刻全世界最美丽的城市。沿岸的楼阁上垂着鲜花灯笼的成排流苏，水上则是无数垂挂着花灯的船艇来去悠游，一起明亮在经素馨花香洇透的夜色里，彼此互相成为观赏的对象。远远看去，仿佛有无数传说中的大夜明珠“火其珠”绕舟缀挂，再一定睛，却原来每只花灯都具有奇巧造型，这个是鱼，那个是飞禽，又一盏呈龙形，再一盏为鸾凤，让人幻觉众多的珍禽异兽浩浩荡荡出行，在花香洇透的夜色中浮游。

灯光自雪白的香花间泄出，照亮了花艇上的翠篷，篷下华服盛

清 象牙镂雕小船 故宫博物院藏

饰的少女结伴并坐，真的仿佛一艘又一艘载乘着仙女的仙槎正横渡银河，仿佛一颗又一颗漂浮高天的明星投射在人间的映影。幻想中的银河仙境，经由广州人一代又一代持续的集体创作，就这样呈现在凡间。

在当时人的观念里，这些“星槎”的模拟物带有巫术的性质，是一座又一座活动的“鹊桥”。水面上有许许多多的“鹊桥”渡来渡去，似乎天上也会有所感应，于是牛郎织女能够更容易地渡过银河，一夜团圆。人就是这样天真和优美，会用一种比拟式的行为，来化解自己幻想出来的不幸。牛郎织女的传说喻示的其实是人类自己制造给自己的困境，广州七夕让少女们集体乘坐星槎充当鹊桥使者的风俗，则是展现解决这种困境的愿望与努力。

到了中秋节，素馨灯、茉莉灯虽然不如七夕之盛，但也是处处悬挂，而元宵节则是素馨花灯争奇斗艳的又一个大日子，家家户户都要悬挂这种花灯，匠人们也着意将灯的造型塑造得生动多变，“白麟雪狮，翠凤玉龙”，白花装缀的各种飞禽走兽的花灯玲珑逗人，轻垂在门前檐下。同时，一些重点建筑上还要垂挂无数素馨花的流苏长带，以致在节日之际竟如“琼岛之雪宫”。

非常可惜的是，入清以后，广州的素馨花种植业逐渐衰落，于是，这座城市也不复有素馨花灯浮光流麝的夜晚，不复有素馨花艇在水上争游的七夕之夜。

红妆

辞岁小葫芦 迎新梅花妆

《红楼梦》里，刘姥姥曾说："我们乡下人到了年下，都上城来买画儿贴。"在清代，一旦春节将临，普通人家包括乡村农户都要买些年画张贴在家里，营造喜庆气氛。由于近年来一直把年画当作重要的民间艺术来宣扬，所以大家往往对于这一风俗有些印象。可是，贾府的老爷公子、太太小姐们，逢年过节，他们各自的房中是否也会挂画？挂的又是什么样的画？关于这一点，我们今天的人反而不太了解。

其实，传统上层社会的居室布置十分讲究，各种形式的绘画作品乃是其中不可或缺的一项内容。现代人家中一旦在墙面上安设好画作或照片，或许一两年甚至几年不再变动，这在古代的讲究人士那里可行不通。在往昔的富贵府邸、士大夫园林内，装饰居室的绘画并非一成不变，而是一年四季不断更换，在各个季节，在每一个节日，都该张悬和主题相呼应的画作，与岁月的流转合拍。

这些画作可不是印刷的年画，而是由画家用心绘成的独创作品。最受推崇的是前代流传下来的传世珍物，其次则是当代名家的精彩之作。很有意思的是，上层人士买画大多采用“定制”的形式，以相应的银两聘请士大夫画家或职业画工，讲定需要的尺寸以及大致的主题，然后由创作者在预设的前提下尽情发挥。也就是说，出现在室内的每一幅挂画都是真正的艺术品，体现着居室主人的修养品位。

明代专门讨论文人园林设计的《长物志》一书有“悬画月令”一节，列举了每个节日相衬的主题。如除夕、元旦时悬挂福神或者古代先贤像，正月与二月则以表现春游仕女、梅花、山茶等呼唤春天的画面为宜。

台北故宫博物院藏有一幅《梅花仕女图》，相信任何人看到都会被画面上奇妙的情节打动：在傲寒的梅枝下，一位年轻女子亭亭玉立，一手持镜照向自己的面容，另一手的食指点向她额间的一朵五瓣梅花的花影。如此清雅的画面，可能很难让人想到，它正是一幅用于正月悬挂、喜庆新春的主题绘画。

这幅画巧妙地采用了脍炙人口的“梅花妆”故事：在某一个“人日”——即正月初七，南朝宋武帝的女儿寿阳公主在含章殿的庑檐下小睡了片刻，结果居然有一朵梅花落下，恰好坠至公主的额头上。待公主醒来，却发现这朵落花居然贴在了自己的额头，拂拭不去，直到三天之后才被洗掉。奇迹轰动了整个皇宫，妃嫔宫女们

元 佚名 《梅花仕女图》 台北故宫博物院藏

明 金玉葫芦形耳坠 上海博物馆藏（摄影：动脉影）

都觉得眉心有梅花影迹的公主实在美丽，于是纷纷用绢罗剪成小花片贴在各自的额头上，由此形成了“梅花妆”。

此画的作者是一位没有留下姓名的古代职业画家，他非常巧妙地利用一个故事，呈现了正月与二月的固定主题——“春游仕女”与“梅”。此外，故事发生于正月初七，这就更为具体地将画中的时光定位在“春节”。这位画家还在树畔填画两簇水仙，此般娇美花卉是春节时的典型风物，同样给观看者“过年”的暗示。画中还有一个小细节，现代观众很难注意到，也就不容易理解创作者当初的用心——仕女的耳上挂着一只小葫芦耳环。元代开始出现了小葫芦形耳坠，并且广为流行。到了明代则形成固定风俗，每一年从腊月二十四日起，女性们都会佩戴各种样式的小葫芦耳环，另外，无论男女，插冠、挽髻的簪钗上也都要挂个小葫芦作为垂饰。葫芦谐音“福禄”，也象征长寿、多子，因此，年年岁末，大家都要佩戴小葫芦做的首饰，或者穿着带有“大吉葫芦”纹样的华衣，以此寄托祈福纳祥的心情。

不过，小葫芦垂饰不管多么精美，也只能佩戴到正月十三日。一旦元宵节来临，耳坠、钗坠都要改为各式小灯笼。所以，对于明清人来说，一看到小葫芦耳坠，就会自然联想到辞旧迎新的日子。《梅花仕女图》的作者正是利用了当时人的习惯，不露痕迹地将明代辞岁的风俗引入笔下，也让画面上出现了福禄、长寿、子孙兴旺

明 金镶水晶葫芦形耳坠 上海博物馆藏（摄影：动脉影）

的象征。

梅之意义在于“占春前消息，腊后风光”（宋人王安礼《万年欢》），是报春的使者。花期早者在腊月将尽时即开，如宋人李德载《早梅芳》所吟：“残腊里，早梅芳。春信报新阳。晓来枝上斗寒光。轻点寿阳妆。”因此，画面上的梅花与小葫芦耳环、水仙恰好在时序上一致，均从腊月下旬即开始活跃。由此可见作者何等的苦心设计，让手下作品完美地符合其用场，完成其任务。

报春也好，福禄也好，都是很俗气的贺岁主题，但没有留下名字的画家将这些元素不露痕迹地带入笔底，创作出的竟是一件意境高洁的作品，让观者只会产生“玉人独幽”“不染纤尘”之类的感受。不再熟悉往时风俗的现代观众，会完全无法察觉这一画作的功力目的，只看到梅花姿清，伊人纤立，一个毫无烟火气的场景。该画作者的才情与格调，着实令人起敬。

总之，非常明确的是，对于往昔上层社会来说，这是一幅专门在腊月下旬到正月上旬悬挂于室内的绘画。由此可以想象，即使在一年之中最为热闹的时节，有教养人家的室内仍然是多么典雅的气氛，一切布置一方面随分从时，合着整个社会的节拍，一方面依然气质不坠，没有小户人家喧闹的花花绿绿。想来，怡红院、秋爽斋等处，甚至贾母房中，年年新春时的室内挂画就会是这一类水平的佳作吧。

韶光悄随玉步摇

古人喜簪花，是往昔时光的美好记忆之一。然而，不仅鲜花，玲珑小巧的水果也一样会构成女性的鬓边风情。新果初熟之时，选一对并蒂果，亲手做成步摇的垂坠，在唐宋时代，曾是闺中饶有情致的风气。

当一位中国古代女性将形形色色的头饰装点上云髻之时，步摇是绝对不可缺席的主演明星。东汉刘熙《释名》如此定义：“步摇，上有垂珠，步则摇也。”因为簪头垂有珠子串成的挂络——或称流苏、挑牌，会随着插簪人的行动不停轻摇，于是名之为“步摇”。历代艺术表现与出土文物中，带有串珠流苏的花簪现影的频率极高，这些步摇在造型、纹样组合乃至寓意上的缤纷多变，灵活无定，显示出中国古人无与伦比的想象力以及创造上的高度自由、不受拘束。

步摇中，最常见的造型为钗头嵌接一只金、玉、水晶的凤、鸾、雁等飞禽，呈展翅翱翔之姿，鸟喙里垂下珠串流苏。金或玉的

晋 花树状金步摇
辽宁省博物馆藏
（摄影：动脉影）

唐 银凤鸟形簪
美国纳尔逊阿特金斯艺术博物馆
（摄影：动脉影）

花朵、云头昂起在钗端，其下悬吊坠饰，也是广受喜爱的流行款式。不过，古代的簪钗取材广泛，简直没有任何约束，匠人们兴之所至，几乎能将一切物件转化成钗花的主题。其中，采用戟、钺、锤等兵器之造型的花簪，大约尤其衬出我们今人在饰物设计上的缺乏胆量，如《儿女英雄传》里就写道，安太太“戴着一枝方天戟，拴着八颗大东珠的、大腰节坠角的小挑（即小珠串）”。此外，僧人使用的带环锡杖，仪仗中使用的挑杆，甚至龙头拐杖、竹杖，也一一化成秀簪，飞上女性们的乌髻。明代定陵甚至出土了以金铸、玉琢的乌龟为钗头花饰的步摇，显然是寓意长寿，乌龟的龟甲以宝石或圆珠嵌就，口内衔着宝石串成的短挂络，憨态可掬。

至于吊在这些千姿百态的步摇钗下的流苏，那就愈加的随心所欲，活泼多趣，成了人们尽情挥洒才气的舞台。突出佳例为现藏首都博物馆的一件清代累丝凤鸟纹步摇，凤喙所衔竟是一只金质鹦鹉笼，笼架上立有鹦鹉一只，足扣金链，甚至不忘将一对鸟食罐分置两旁。试想一位女性的髻侧始终有个袖珍的鹦鹉笼不安分地悄晃，任谁看在眼里，也要被逗得莞尔。

同样迷人的乃是朱家溍《故宫退食录》中所记往事：他的夫人赵仲巽有一位被下人呼为“五老爷”的女性长辈，善于培种袖珍葫芦。有一次结得了一个长仅三分多的小葫芦，赵仲巽就出主意，到玉作坊定制一根竹杖形的碧玉簪，然后由金店打一条赤金练带，

清　簪子
山西民俗博物馆
（摄影：动脉影）

清　凤鸟金簪
首都博物馆藏
（摄影：动脉影）

清 簪子 山西民俗博物馆藏（摄影：动脉影）

一端以圆环套在小葫芦的腰处，另一端挂于碧玉簪头，由此形成一个带小葫芦坠的独特玉步摇，将苏东坡“杖头惟挂一葫芦”的诗句予以形象化的再现。这则记载可谓显示了传统“高级定制”的雅与奢，顾客总是根据自己的需要，让玉作坊、金店打造只此一件、别无重复的首饰。店家会有各种现成主题提供给顾客，如以飞雁为钗头花，意味着“雁塔题名”，适合夫或子参加科举考试的女性主顾。不过，文化修养高、富有艺术才华的人士往往自行设计步摇的纹样与寓意，然后交由珠宝工匠依式巧造。

并且，女性们也不肯完全依赖匠人。她们擅长女红，心灵手巧，所以时常利用各种成本低廉、宜于操作的材料，自己动手串制吊坠，缠挂在簪、钗头上，这样让鬓边风光不断更新，永不呆板。如果一位女性祈求早日生子，往往会将金、玉乃至犀角、玳瑁材质的花钱[1]挂在钗头，据说这种花钱有“宜男”之兆。清时，北京的花市出售一种红丝球，茶杯大小的球体内涵有一个小铃，女性们就非常时兴买入这种红丝球，然后亲手将其吊在钗头。于是，艳红的球儿在半空晃荡，映得粉面愈加娇艳，同时球中的小铃轻轻发出清响，女性那样行来的时候，一定别有一番风韵。

1 花钱：中国古代民间的一种自娱自乐的玩钱，具有钱币的形态，但不作流通使用，是具有钱币形态的辟邪品、吉利品、纪念品。

实际上，随着季节的变化，节日的轮转，女性们需按习俗在钗头缠吊各种带有相应主题的坠饰，这使得她们的髻畔鬓边一点不会单调，新颖的小饰物依次显影，韵味悠悠——

正月十五元宵节，吊坠应由“灯球”即小灯笼组成。女性把这些小灯笼挑在钗头，形成独特的上元节专款步摇。

立春时，则悬挂金箔、银箔或彩帛、彩纸剪成的小幡条，成簇飘在钗梁下的幡信随轻风舞动，让大家更能产生春意将至之感。

春天到来，百花盛开，此际时兴在钗头挑戴小花篮，以此应和当前季节的特点。

端午节时，绽放在钗头的小饰物更是热闹。其中最不可少的是符袋儿，袋内盛有道士施过法咒的符箓与朱砂，据说可以避邪。宋代的高档符袋为珠袋，用金丝或银丝串系珍珠编成，实为精美的工艺品。非常珍贵的是，江西德安南宋周氏墓中真的出土了一枚宋代珠袋，袋内有朱砂包，用银丝挂在一支金钗上，就插在墓主周氏的头部。

就在这一“随手自制主题型步摇”的传统中，聪慧的女性们开创了将小巧果实吊上钗头的做法——唐宋时代，女性还时兴把一些小巧的鲜果直接挂到钗头，包括梅子、青杏，以此方式庆祝春去夏来，果实成熟。当时荔枝属于高档水果，于是荔枝上市之时，钗头挂荔枝也成了时尚。有个闺中约定俗成的规律是，无论

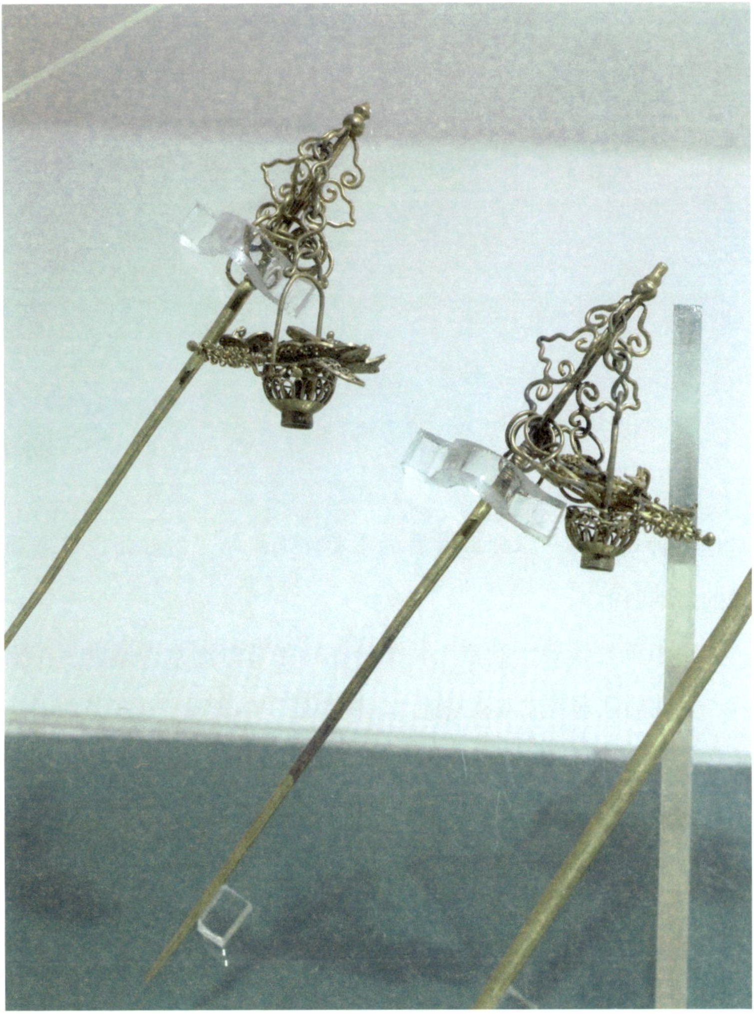

清 锡杖花篮金簪 宁夏博物馆藏（摄影：动脉影）

元 金镂空荔枝簪 湖南临沣元墓出土

是挂哪种果子，一定要取并蒂的小果作为吊坠，以此祈愿美满和谐的婚姻归宿。

由于荔枝谐音“利市”，又恰在端午节时上市，所以，在宋代，女性插戴垂着成双荔枝的“自制步摇”，变成了端午节的固定风俗之一。宋人李石以《长相思》词咏“重午”即端午，便描写道，一位佳人在这一天不仅鬓边斜挑着“钗符儿”——避邪的符袋儿，同时还以“钗头双荔枝”傲人。

闺中生活的这一类琐细内容，当然很容易地就被后人遗忘了。于是，古代女性钗头的轻盈悬荡，也就无法流传下来，转化入今日的时尚设计。

同心结

同心结，究竟是一种什么样的结？喜欢中国古典文学的人大约都会在心里存一分好奇。

明人王圻《三才图会》有“魂帛图”，其中介绍“结帛式”为：“用白绢一匹，结如世俗所谓同心结式。”配图则展示为：把一条白绢从正中对折，在近对折处打出一个结。这个结的编制显然需依循特定技巧，能同时在结的两边各挽成一个装饰性的圈环，两环的大小与形状均形成对称。依书中说法，这样的结就是“同心结”。

苏州南郊元末张士诚母曹氏墓中出土有一条绸带，是将经过裁剪缝制、两端呈剑形的白绸对折，并在近对折处接连打出两个结，这两个结的双侧均带有对称的圈环。如此的形制恰与《三才图会》所示“魂帛”之“结帛式”相近，不同处仅在于打了双结。因此，曹氏墓所出绸带应该正是一条“魂帛”实物。那么，这条魂帛上的结，也就是古代同心结的实物标本了。

曹氏魂帛上的同心结，不仅带有对耳式饰环，而且中央的实心

元 百结衣带 苏州博物馆藏（摄影：动脉影）

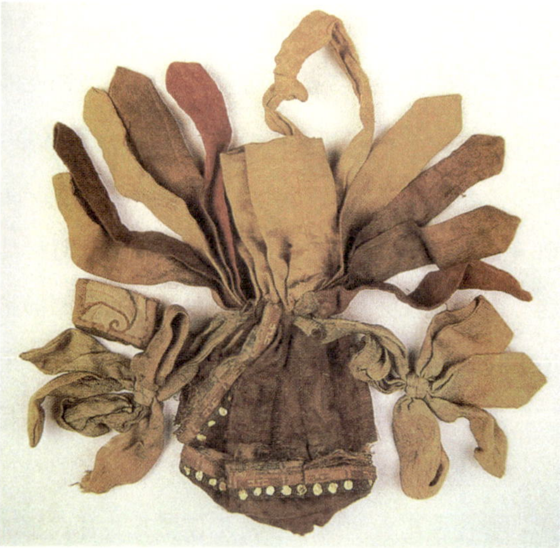

汉晋时代的贴金香囊，以缝缀在囊腰的四条飘带打出一双同心结作为垂饰。新疆尉犁营盘出土。

结被精心打成“田”字形。一旦注意到这一点，就不难发现，在出土以及传世文物中，如此中心打成“田”字形、带有对耳式环的花结出现频率颇高。由此或可推论，标准的同心结，乃是此类通过固定打法形成“田”字结心、且带有对耳式环的花结。

南朝梁武帝《有所思》一诗有句云：“腰中双绮带，梦为同心结。”说来让人惊奇，现代考古发现让我们得以亲见甚至比梁武帝的诗句还要更有岁月的同心结实物。新疆尉犁县营盘墓地三十号墓出土有一件汉晋时代的“镂金”锦香囊，该香囊有四条长饰带，每两条相绾在一起，打出一个标准的同心结，这样，就在香囊两侧形成一双对称的、饰有花结的流苏飘带。另外，新疆尼雅墓地出土的一件汉晋时代锦缘毡帽残件，则是在帽的尾部垂一对长带，带上打出同心结。由此看来，早期，同心结被用在服饰、器物的饰带之上。

不过，据《隋书·后妃传》记载，杨广曾“遣使者赍金合子，帖纸于际，亲署封字，以赐（宣华）夫人”，“见合中有同心结数枚”。这里出现的同心结竟是独自成件，不附属于任何他物，并且一送就是好几枚。河南偃师杏园唐李郁墓出土有一件银盒，盒盖上的主题纹饰居然是一个用两束长丝编成的独立的同心结。相比汉晋香囊、帽缘上真实的结饰，银盒盖上的这一图案有着远为复杂和精巧的组织结构，甚至串有一颗心形的珠子或宝石。此般线索显示，到隋唐时代，出现了独自成件的同心结，这种同心结并非依附在服饰、器物上的装饰细节，而是作为一件单体的工艺品加以设想、编制，其上有时甚至穿贯珠宝，实际上成了贵重的饰物。也只有这样的精美小玩意，才可能在一个小金盒里放入数枚，送到意中人面前讨巧卖乖啊。

辽代陈国公主墓中，更是进一步出现了以玉材琢制成的、高度图案化的同心结。这一玉同心结长6.5厘米、宽4.1厘米、厚0.6厘米，被作为一组玉佩的“花题”，下侧环带上系有五条镀金银链，每条银链末端吊有一件玉坠。可见，同心结在长期流行当中，还演变出以玉、金等珍材制作的形式。因此，古时多情男女互相赠送的同心结，有时会是这类金錾玉琢的饰件，而不必然是丝穿带绕的软结。

至于以丝、带打同心结的方法，似乎日本人武内元代《实用系结大全》中介绍的“总角结”颇可作为参考，后者与前者的形态完全一致。不管怎样，对于古人来说，同心结的编结是会者不难，几乎个个都熟练掌握其打法。所以，逢到需要告白的场合，含情的男女往往会临时起兴地打个同心结，向对方展示自己的一腔深意。欧阳修《武陵春》“金泥双结同心带，留与记情浓”，便是女性以发带、衣带一类私密物件打成同心结，送给中意之人。再如《初刻拍案惊奇》之《乔兑换胡子宣淫》：“唐卿思量要大大撩拨他一撩

辽代陈国公主的玉坠领，用一枚玉雕的同心结作为花题，系着五条鎏金银链，每条链的末端吊一只禽鱼玉佩。内蒙古哲里木盟辽陈国公主墓出土。

（传）晋 顾恺之
《女史箴图》细部之一
大英博物馆藏

拨，开了箱子取出一条白罗帕子来，将一个胡桃系着，绾上一个同心结，抛到女子面前。”《二刻拍案惊奇》中的《赵县君乔送黄柑》：“中又有小小纸封，裹着青丝发二缕，挽着个同心结儿。”

另外，据说有一种“流苏髻”，乃是将同心结引用至发式设计中的结果：“轻云鬒发甚长，每梳头，立于榻上，犹拂地。已绾髻，左右余发各粗一指，结束作同心带，垂于两肩，以珠翠饰之，谓之流苏髻。于是富家女子多以青丝效其制，亦自可观。”（《谢氏诗源》）名叫“轻云”的巧慧女性头发特别浓密，无法全部绾入髻中，每次盘髻之后，总是会在左右各剩出一指粗的发绺。于是她想到把每束发绺分成两股，编出一个同心结，再装饰上珠宝，然后任余绪自然地垂向肩头。髻的两侧各有一道带花结的乌丝垂下，恰如流苏飘带，于是叫作“流苏髻”。这一巧创引发了跟风，其他女性没有那么多的头发，便以黑丝线作为假发，制成垂在髻子两侧的黑丝流苏。

不知是否历史上真的曾经有过“流苏髻”的风行。反正在弄清同心结的具体形态之后，至少我们可以很容易地在心海里完成流苏髻的可能的美丽。

莫琼树与蝉鬓

在中国古代，女性的妆容中，双鬓曾是极受重视的焦点之一，传统观念认为，造型轻灵娇俏的乌鬓足以最鲜明地传达女性的性感，唤起异性的注意力与兴奋情绪。

因此，女性们也就格外着意于双鬓的塑造，漫长的历史中，乌鬓的形态因而多种多样，幻化灵奇。如果仔细观察古代艺术中保留下来的相关线索，其实很可以为今天的时尚设计增添灵感。

著名的《列女仁智图》便展示了一种奇特的假鬓，是末段为方头的长长一条，大约是绢帛制成，犹如一对飘带轻垂在颊旁，长度约略至肩部而止。妙的是，这一条飘带式垂鬓在向外一侧采用发丝的乌黑色，向内一侧却呈现为截然不同的浅色，故意要让旁人看出这是人工制物。随着女性的动作，这一对垂鬓会晃荡飘飞，于是，内侧的浅色一面时时翻转过来，显露在外，大概就是在刻意寻求如此双色不断变动的游戏感。

到了《女史箴图》中，这种假鬓转变为长长的一缕乌丝，下垂

（传）晋 顾恺之
《列女仁智图》细部
故宫博物院藏

（传）唐 张萱
《虢国夫人春游图》细部
辽宁省博物馆藏

过肩，末段往往形成分绺。《列女仁智图》与《女史箴图》相传为东晋大画家顾恺之的作品，但原稿的创作年代其实更早，出现于东汉到魏晋时期，因此，这两卷伟大经典中呈现的，乃是东汉时期一直延续到西晋的鬓发时尚。

唐代崇尚奇诡多变的“时世装”，鬓样的形态自然也是肆无忌惮，异想天开。如传为张萱所画的《虢国夫人游春图》中，展示了一种不对称的鬓式，即，脸庞的一侧梳出半月形的蝉鬓，另一侧的鬓角则只有短短一绺。不过最奇的当属晚唐到五代时期，从这一时期墓葬中出土的陪葬俑上可以看到，女性流行一种硕大的假鬓，就像一对鸟翼一样对称地撑开在脸庞两侧。其中一些顶部还向后翻卷，令人联想到《妆台记》中曾提到的“翻荷鬓”。如此的假鬓是用何等的材料制成，实在很难猜测。从这种鸟翼式假鬓又发展出一种“丛鬓”，就是将这种假鬓加以缩小，但要做出两三层，如山峦叠嶂一般堆在额头两侧，在河北曲阳五代王处直墓的浮雕加彩绘画面上，可以最为清楚地观察如此“丛鬓”的具体样态。

不过，在漫长的中国女性时尚史上，最具生命力的鬓式无疑为蝉鬓，隔一段时间就会重新出现，流行一阵。据传说，蝉鬓最初是由三国时代魏文帝的一位宠妃莫琼树发明，她刻意将鬓发梳成蓬张开来的状态，并且疏薄到半透明，“望之缥缈如蝉翼”，所以得名“蝉鬓”。顾名思义，蝉鬓就是接近蝉翼一样的视觉效果，一方面如同舒展的鸟翅一样，在脸庞两侧撑张成半片轻云，一方面发丝疏朗，让双鬓变得如纱似雾，透过鬓影可以隐约看到其后的景物。因其轻而透的特质，也被称为“云鬓”“雾鬓”“轻鬓”“薄妥鬓”等。

实际上，时代不同，蝉鬓的样式也变化不定。如传为张萱所作《捣练图》中反映出的中唐蝉鬓式样，就是下垂的末端呈椭圆形。明清时期的蝉鬓则更为夸张，近乎三角形，斜张开去，当真宛如鸟儿起飞时扬开的双翅，对于这种鬓式，当时有个很形象的称呼，叫作“挑鬓”。

要梳成蝉鬓的形状并且令之定型，当然要靠发胶。古代女性运用生活智慧，从自然界中寻找到多种可以制作发胶的天然材料，可惜见诸文献记载的只有零星线索。例如，可以把白芨添加到头油或水中长时间浸泡，由此让油或水带有黏性。另外，据说明代宫中曾经流行将桑叶捣出汁液，再加入香料，凭之梳理鬓发。不过，在明代，最为流行的方法是用鹿角菜自制发胶。鹿角菜其实是一种海藻，饱含胶质，将其投入热水之内浸泡一阵，即可融化成粘胶。所以，明时，售卖女性梳妆用品的商铺或货郎都会备有鹿角菜，女性买下之后，将其浸于热水中，就能很简便地制出发胶。梳发时，则以理鬓专用小刷“抿子”蘸上鹿角菜胶，刷到鬓发上：“四个铜钱替我买条红头绳札子个螺蛳，饶星鹿角菜来刷刷个鬓傍。”（明代吴

清 佚名
《仕女图》局部
中央美术学院藏

（英）约翰·汤姆逊19世纪70年代的摄影
《晚清广州盲艺人》（局部）
英国伦敦维尔康姆图书馆藏

地山歌《烧香娘娘》）到了清代，普遍以“刨花”代替了鹿角菜。所谓刨花乃是指由榆木或桐木上刨下的木质长条，也是由售卖女性用品的商铺或货郎供货，女性买得刨花，自行用水浸泡，便可获得用于梳发整鬓的粘浆“刨花水”。

无论是蝉鬓还是其他鬓式，女性都喜欢在其上粘贴金箔或彩色绢、纸剪制的小花片，让双鬓更加惹人注目。据说，北魏时，高阳王元雍的宠姬艳姿就“以金箔点鬓，谓之‘飞黄鬓’”（元龙辅《女红余志》），而一直到了《金瓶梅》的年代，潘金莲也还曾“拖着一窝子杭州攒，翠云子网，露着四鬓，上粘着飞金”（第二十七回）。宋人笔记中记载，北宋宣和年间曾经流行“鬓撑金凤”的形式；明代宁献王朱权《宫词》中咏及当时宫廷内的妆容风格，也有句云“笑贴鬓钿双飞燕”，可见，贴于鬓上的花饰会制成凤、燕等形象，轻巧玲珑，足以让着意梳就的乌鬓加倍吸引目光。

随着现代生活的开始，中国女性在形象塑造上产生了与历史截然断裂的改变，双鬓的消失便是其中很突出的一个现象。实际上，东亚女性的眉眼比较细巧，在脸颊两侧塑造一对轮廓分明、造型奇幻的乌鬓，会让旁人在感觉上以为迎面看到的女性面容更为醒目，由此也就更加受吸引，不由自主地加强注意力。因此，古人认为女性的双鬓是性感的最强劲象征之一，自有值得重视的道理。

武则天与行障

八十八岁的英国女王伊丽莎白二世依然骑着骏马出行，引发世人一片感叹。这倒修正了我一向以来的一个错误想法。

《资治通鉴》中写道，神功元年，武则天“游苑中，吉顼执辔，太后问以外事”。按这里的描写，当时已经七十三岁高龄的女皇帝武则天曾经骑马在内苑漫游散心，由重臣吉顼亲自为她拉着马辔头，于是皇帝便一边闲逛一边向随行的吉顼询问最近的民情。本来，我一直觉得这一则事迹完全不可信，年过七旬的女性，还能骑马？可是，伊丽莎白二世以实际行动宣告了我的怀疑并不成立，这位陛下快九十岁了，仍然稳乘御骑闲庭信步呢。

因为唐代贵妇习惯骑马出行，所以我们今人往往喜欢赞誉这个时代风气开放，性情豪爽。其实事情也没有那么简单。在那个时代，越是地位高的贵妇，越不能让凡人看到自己的形象，外出除了要披戴幂离、帷帽之外，甚至由“行障”围绕起来。武则天上尊号为“天后”，与高宗并称“二圣”之后，临朝听政，接见大臣，则

是在座前垂一道纱帘，隔着帘子与男性臣下议政。

最近，很多人对于历史上“武则天究竟长什么样子”很感兴趣，各种考据，各种推测。其实，你真的未免想多了，就算有机会生在那个时代，哪怕像狄仁杰、吉项那样贵为宰相级别的忠臣，也没有什么机会看到女皇帝的面容。

那么，你想，如果你不仅能不偏不倚穿越回那个时代，还恰好变身为唐高宗，夫妻相处，总有大把机会看自己太太的样子吧？可是呢，古时女子崇尚化浓妆，最重要的是，唐代女性人人都在脸面上贴或者描画“花钿”。花钿也叫花子，常常是金箔、绢罗或者鱼鳞等剪成的小花，上面还描有彩色花纹，贴在额头、眉间、眉梢、鬓边、双颊等部位。尤其惊人的是，约定俗成，大家必定在嘴角两边贴一对圆形或花形的假酒窝“靥钿”，这对假酒窝可能是黑的，可能是红的，可能是金色的，还特别流行绿色的“翠靥”！一对带着绿色酒窝的女子向你微笑，你能适应吗？有胆量细看吗？

贴钿之外，唐代女子还很有创作精神地自己动手用笔在脸上描画，往往在额头画出花朵，双颊两侧则是类似流云、飞霞、翔凤的曲纹，半抽象半具象，特别考验画与看双方的想象力。所以，一张妆容完整的唐代女性脸庞有大约三分之一的面积都被花钿占据，而

[左图]唐 彩绘骑马女俑 陕西历史博物馆藏（摄影：动脉影）

唐 彩绘木胎舞蹈女俑
新疆维吾尔自治区博物馆藏
（摄影：动脉影）

新疆阿斯塔纳唐墓出土
《仕女》屏风画局部
（新疆维吾尔自治区博物馆藏）

且这些金色或红翠的小花缤纷灿烂，只怕比五官本身还抢眼。唐代男人对于心爱女性的印象，大概主要来自这些绚丽多变的纹饰吧！我很怀疑，一位女子一旦改变脸上花钿的风格，比如由主打绿色改为多用红紫，本来喜贴小花却忽然一脸云气，她的意中人就会认错人或者猛然不再认识她，这种情况当时想来并不少见。至于小叔、甥侄们，大概一生也弄不清自己家中嫂子、姨婶们的具体长相，换一脸花钿，就被家里男性亲戚搞错身份的事情也该时有发生。

所以，虽然唐高宗与武则天算得上是朝夕相处，想必太太面庞上巧妙的装饰花纹也会对夫君产生极大影响，在他对太太的颜值感受中占有相当的比重。

那么，到了晚上，妆会残吧？就能显露几分真容吧？可是，古代贵族女性早就知道防止妆残颜败的局面，到了黄昏的时候，一定要重新上一次妆，称为“晚妆”“暮妆”。于是，她们从早到晚都是描画精致，鲜艳整齐，通过华贵端正的仪容，让尊贵的地位在直观上就具有说服力，看得旁人心服口服。

那么，睡觉前，一定要卸妆喽。这时候武则天会是素颜一张，从李治到她周围的宫人，肯定能真切看清她具体长什么样子咯。然而，在那个时代，注重仪容的女性会在睡觉前上一层淡妆，甚至在眉间贴一枚花钿。仅仅贴一枚小花钿，相比白日里的满面缤纷，在当时人的观念里，已经是低调与朴素了。更关键的是，女性临睡前需在面上、脖颈、前后胸、双臂甚至全身大量地擦粉，这种粉是以米粉为主料，加入养颜护肤的中草药与香料。在传统的美容观念里，夜晚在身上擦粉，能够让皮肤在沉睡状态中充分地、从容地吸收粉内的营养，因此是最重要的养护皮肤方式。任何一个自爱的贵族女子，睡前擦粉这道程序是绝对不能忽略的。

所以，唐宋文人们便经常在诗词中写到，与自己同寝的女人第二天早晨残妆半退，脸上的白粉沾到半颓的蝉鬓上。更有甚者，欢爱时刻的汗水会混着女人身上的白粉，在枕头上、锦被上、凉席上洇出鲜明的粉痕，还散发着浓烈的香气。这种现象完全成了当时上层社会男子性爱体验的一部分，以致他们当中的才子们屡屡以享受的心情，在文学作品中加以描咏，不是嫌弃，而是津津乐道地描咏。

若是普通人呢，睡到大天亮，估计淡妆也不剩什么了吧。偏偏宫廷中又是勤勉得很，皇帝天不亮就起身准备早朝！因此，即使亲如李治，几十年里也未必能有几回看到武则天的素颜。

实际上，武则天非常知道化妆的力量，也极其重视通过化妆以及精心打扮来塑造形象。《资治通鉴》就记载：“太后春秋虽高，善自涂泽，虽左右不觉其衰。”她深知，要君临天下，除了治理国家的业绩、挫败政治对手的才干，具有说服力的仪态也很重要，因此，即使上了岁数，也仍然十分注重化妆。因为将个人形象打理得漂亮爽目，所以周围的臣下发自内心地认为她并不老，在他们心

新疆阿斯塔纳唐墓出土《弈棋仕女》屏风画局部（新疆维吾尔自治区博物馆藏）

中，她始终都是女神级的存在，是圣佛转世。

武则天十四岁时因为“美容止”被召入宫，先天生成的底版自然是不错的。不过，在当时的情况下，她的真实面容其实没有太多亮相的机会。因此，是靠了精致用心的化妆，靠了妆容昼夜不凋，靠首饰发型衣裙，来让自己的形象从进宫的一刻起就明亮出众，为自己打造了一个美丽而又智慧的形象。不仅如此，她还要靠幂䍦、帷帽，靠殿上长垂的纱帘、围护着她走上封禅台的锦障，营造出独特的魅力气场，其中既盈荡着高贵美丽女性的性感气息，又闪烁着刻意制造的神化色彩。所以，武则天与今天某些人理解的男性化的女强人不同，她是刻意把女性气质转化成政治中的正面因素。

或者可以说，武则天的真实长相其实并不那么重要，因为就算你是她的同时代人，而且还是她的身边人，也基本没机会看到她素面无妆的时刻。大概，只有每日贴身伺候她洗沐梳妆的女官、宫女，能够短暂窥见这位女政治家的本初面容。除此之外，即使身为她丈夫的唐高宗，也永远只能看到一个精心修饰、无懈可击的形象。

这倒很符合法国人的观念。在法国人那里，没有丑的女人，只有没有魅力的女人。任何女人，哪怕真的天生五官不佳，只要发现自己的特点着意加工，扬长避短，就能富有魅力，变得性感，而性感和富有魅力的女人就是漂亮女人。这种经后天的才华自我制造的性感与漂亮，也不因青春逝去而衰减，相反，就像美酒一样，岁月只会让聪明女人的魅力愈发醇厚与精粹。

因此，别相信什么“清水出芙蓉，天然去雕饰”的说法。武则天就是一个最好的例子，印证了法国人的观点，天生的美貌也许很重要，但更重要的，是一生不懈的自我塑造，这塑造由内心到外表，由此形成个性化的、他人可以清晰感受与辨识的魅力气场。

南宋 如意纹银粉盒
德安县博物馆藏
（摄影：动脉影）

南宋 菱花形银胭脂碟
德安县博物馆藏
（摄影：动脉影）

风流无尽香山子

今日的古装电视剧特别爱展现古代美女入浴的场景，而且总让她们享受“花浴”，浴盆或浴池里飘着厚厚一层玫瑰花瓣。其实，芳香的玫瑰花到明代才在中国得到普及种植，所以，汉唐美人们的洗澡水上是不可能漂有玫瑰花瓣的。再说，中国古人给洗浴之水添加香气的手段多得很，才不靠向水上洒香花这么简陋的办法，唐代华清池内所采用的策略，就远出我们的想象。

据说，华清宫里，除了唐玄宗、杨贵妃专用的两所“汤池”（也就是浴池）之外，还创置了几十间“长汤池”即大型浴池，用于赐浴给宫女和随驾前来的王公百官。这些浴池一律用玛瑙石镶砌池底与四壁，池中还安设有各种雕镂精美的装饰物，其中之一，就是用各种贵重进口香料，如檀香、沉香、丁香，制成山峰的形状，固定在浴池当中。一旦池中注满热水，香料做的山峰四周明波映漾，热气蒸腾，就仿佛传说中的瀛洲、方丈等海上仙山浮现在海面的景象，而这正是没有留下姓名的唐代“室内设计师”们所刻意要制造的效果。想一想吧，当唐宫宫女们纷纷步下“长汤池”群芳戏水之际，一座座硕大的香料山子浸泡着滚烫的池水，内含的香分不断沁入水中，再随着蒸汽升散，一间间宏阔的浴厅里会是怎样的芬芳回荡哟。

不要以为这只是传说，在近年法门寺地宫出土的唐代文物中，真的有四件整块天然香料制成的小型假山，而地宫出土《衣物帐》上记得明明白白：“乳头香山二枚，重三斤；檀香山二枚，重五斤二两；丁香山二枚，重一斤二两；沉香山二枚，重四斤二两。”就其中的檀香山来说，已经破为残段，但造型仍然完好，可以看出当初是被着意地加工成假山的形状，而且还有描金装饰。

实际上，从唐代开始，用整块天然香料雕成山峰之状，摆放在起居空间里，作为芳香室内空气的陈设，这样的做法蔚然成风。宋人陶谷的《清异录》中就记载，五代时后唐的龙辉殿中陈设有“一铺”——也就是一套——假山水，是用沉香做山峦，四周绕以江河形状的水池，水池里注满蔷薇香水和苏合香油；山上与江畔满插着用零陵香草、藿香草以及丁香做成的林树；再用薰陆香雕制成袖珍的城郭模型点缀其中，城门上还挂有小小的匾额，上书“灵芳国”三字；城郭里则有黄檀、紫檀做的微型屋宇，还有白檀雕的偶人。这一座采用多种香料做成的山水模型摆件，“方围一丈三尺”，折合成今天的公制，大约为12平方米或17平方米(唐代有小尺与大尺之分)，规模十分的惊人！

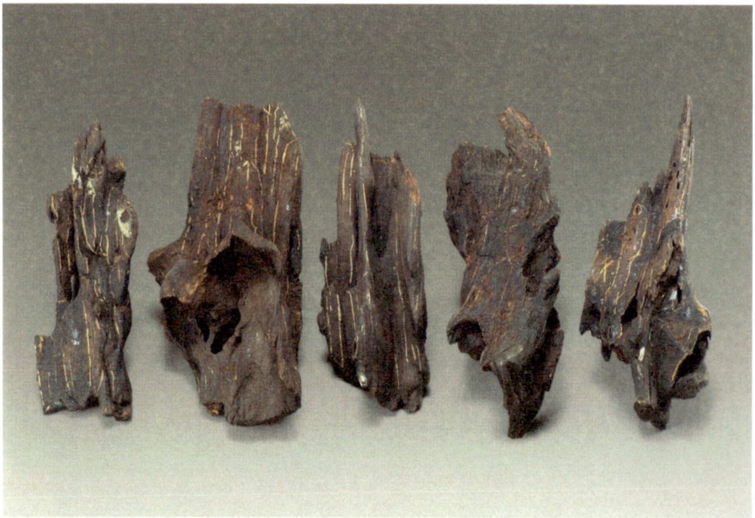

唐 描金木香山子残段 陕西扶风法门寺地宫出土 法门寺博物馆藏

清 宫廷旧藏天然木山子嵌玉石人物花卉盆景 故宫博物院藏

到了宋代，香料做的假山模型——当时称为“香山”或“香山子”——甚至不再限于皇室或大贵族，在士大夫的生活中也使用普遍。苏轼被贬海南的时候，就曾经把一座“沉香山子”作为生日礼物特意送给苏辙，二苏为此还写有赋文相咏和。其中苏轼《沉香山子赋（子由生日作）》一文非常清楚地描述，这一件珍贵生日礼物来自海南的原始森林，形状奇美，像太华山，也像凌云直上的孤松，起居空间当中陈放这样的清雅摆设，生活于其中的人，自然会沾染上它的芳气。

在明清时代，一种名为“伽南香”的名贵香料成了制作香山子的上选材料。明人文震亨在其著名的优雅生活指南书《长物志》中就介绍：“此香不可焚，焚之微有膻气。大者有重十五六斤，以雕盘盛之，满室皆香，真为奇物；小者以制扇坠、数珠。”原来这种香料不适宜于焚熏，但是其散发的天然香气浓烈而怡人，于是就用来制作假山摆件、佩戴饰品了。香山子在明代所参与的故事，大约要以汪然明与张宛之间的一段情缘最为动人吧。

汪然明是明末的一位巨商，这位商人同时也是文化的热衷者，他熟谙风雅，喜欢吟诗作文，与当时的士大夫名士、名妓往还酬唱，其在杭州西湖的私人园林与游船，更成了文人雅集活动的重要场所。在一次聚会上，汪然明遇到了名妓张宛，立刻对她很钟情，但张宛却很孤傲，始终未与他交谈一语。席上，汪然明相邀张宛到西湖一游，张宛也未予理会。直到三年之后，张宛遭到恶人的迫害，势急之下，想到了实力雄厚的汪然明，于是突然前来投奔。汪然明并不在意张宛此前的无情，反而为她的终于到来而喜出望外。据他事后讲，自己拥有一张名工制作的紫檀床、一只汉玉鸳鸯嵌枕、一件绿结伽南香山、一张嘉文锦席，都是用于床榻之间的美妙“清供之具”，但是，作为这四样珍物的主人，汪然明却在内心一直暗暗遗憾没有遇到配得上使用它们的佳人。如今，心仪已久的张宛终于光临，他感到这四样妙具终于适得其所了，于是把它们特意陈设出来。

为了迎接意中人，汪然明在其风雅的“朱萼堂”举行一次名流毕至的雅集，张宛虽经困厄危难，却始终不改清高性情，中途便因倦暑而退席。于是，汪然明将她引到陈设着檀床、玉枕、香山、锦席的室中休息，据汪然明后来回忆——

> 其日酷暑熏蒸，香山与兰花芬馥，宛仙神情若倦，因试枕之，不觉熟睡。予启北窗，绿荫笼榻，香风袭人，观其艳态，真海棠睡未足也。

在伽南山子与兰花的香气中熟睡的孤傲美人，给予汪然明如此美好的记忆，以至他事后特意出了一本《梦香楼集》，刻版印刷，付行于世，以纪念这人生难得的珍贵一刻。这就叫真正的多情吧。

明 陈洪绶 《华山西园雅集图》局部 台北故宫博物院藏

《梦香楼集》中首先有汪然明本人咏述其事的文与诗，而他的名流友人也纷纷作诗唱和，最有意思的是，事件的女主人公张宛同样为“檀床、玉枕、文席、香山”所流露出的殷勤而感动，于是也步韵和诗，“以志主人情重”。那因了汪然明的多情凝视而留驻于时光的浮生一刻，乃就此成为尽显明人之温雅风流的不灭佳话。

香山，在唐代宫廷，呈现的是无边无尽的奢华气派；到了明人那里，却反映出一派意绪缠绵的柔情蕴藉，这，就是所谓时代精神使然吧。

贵妃出浴的盛唐气象

唐玄宗与杨贵妃，无疑是我们都熟悉的历史人物。白居易《长恨歌》中“春寒赐浴华清池，温泉水滑洗凝脂”这两句，则让“贵妃出浴”成了传统文化中最著名的形象之一。不过因为诗歌体裁的限制，诗人没有交代“华清赐浴”的前因后果，所以可能很多读者不太明白这件事的具体背景。

“华清池”，意思是指华清宫内的温泉浴池，而华清宫则是修筑在骊山的富丽行宫。每年一入阴历十月，唐玄宗就会率着杨贵妃等人转移到骊山的这一处行宫，待第二年开春天气转暖才重回长安。如果对清代有兴趣就会知道，清代皇帝与后妃每年都到圆明园避暑，快入冬时才会回到紫禁城过冬；到慈禧太后时，则是改到颐和园度过夏天。唐玄宗正好相反，春夏秋三季在长安的皇宫中生活，却到骊山华清宫过冬，大概是因为华清宫这里地出温泉，冬天比其他地方更为温暖，当然可以洗温泉浴是最重要的原因。

随着天子与贵妃，固然要有一大群宫人也来到这里，另外，王公外戚文武百官当中的受宠分子都会蒙恩陪驾，等于是一个精简化的小朝廷被整个挪来。这么多的人都要在骊山过冬，于是乎，当时的显要人物纷纷在骊山脚下建起了各自的“别馆”，这使得山麓一带雕阁相望，华宇连绵，与半山上的皇家宫苑一同彰耀着盛唐的壮阔与浮华。

《明皇杂录》《津阳门诗》等作品中都有关于华清宫内浴池具体形制的描述。尤为重要的是，直到北宋的时候，华清宫昔日重要建筑的残基依然约略留存，相关记录保留在宋人钱易《南部新书》中，这实在是珍贵异常的资料。

据《南部新书》记录，在华清宫的宫垣之内，共有八九处温泉眼。唐玄宗与杨贵妃各自占用位于最高处的两个泉眼，在其上筑就为这二人独享的浴殿。唐玄宗的专用浴殿称为“御汤”，其内的浴池长宽均达数丈之广。杨贵妃的浴殿位于御汤的西北侧，在面积上比御汤稍小，名曰“妃子汤”，也叫莲花汤。

这两所至尊级别的浴殿在装饰风格上有个最大的特点，就是“洁白”。浴池的内外全部以莹澈如玉的白石铺砌，池的四周为一圈白石铺成的平台，每一边都设有白石的台阶，一级级地逐渐降入池水，这样，唐玄宗或杨贵妃入浴的时候，就可以带着随侍宫人顺着台阶从容走到池内。池面上横架着浮雕精美的白石梁，大约是为放置物品而设，浴池的内里更是玉一般的白石壁，玉一般的白

华清池海棠汤（摄影：动脉影）

石底，但是镌满鱼龙花鸟的浮雕纹饰，千变万化，难以名状，一旦池水漾动，满池的鱼纹花影也随着水波轻轻动荡起来，像是有了生命，正在水底潜游。

池内的喷水设备极富美感：御汤的池中部，立有两根白石柱，每根柱的顶部托起一只雕成莲花形的白石盆，热泉不断从盆中心涌出，再由莲瓣式的盆缘泻下，为浴池提供着地温热水。

莲花汤的出水方法与御汤不同，乃是设在浴池的一侧，由四只莲花形石盆形成出水口，其中两只用白石做成，两只用红石做成。这一红一白相间的四只莲盆嵌入在白石的池底上，也就是说，石盆的边缘与池的底面齐平。因此，在妃子汤，热泉水是从池底不断涌出，在水深处形成汩汩的暗流。

杨玉环与李隆基两人的浴殿居然莹洁如雪，可见二人格调不俗。然而更妙的是，据《旧唐书·郑朗传》记载，风流天子与他的爱妃拥有一套独一无二的“情侣装”，这是两件饰有金色鸟纹的彩锦袍，被他二人作为入浴前、出浴后的“浴袍”穿在身上。散发着芳香的身体披裹一袭金辉闪烁的锦袍，在如雪如玉的背景前，被众多宫女环绕着殷勤服侍，此时此刻，娇如海棠的贵妃与她的君上俨然仙境中的天人。

当时，皇帝“赐浴”的对象绝不只是杨贵妃一人，还包括身份不一的各色随驾人众。像安禄山特别受宠，唐玄宗不仅专为他修了

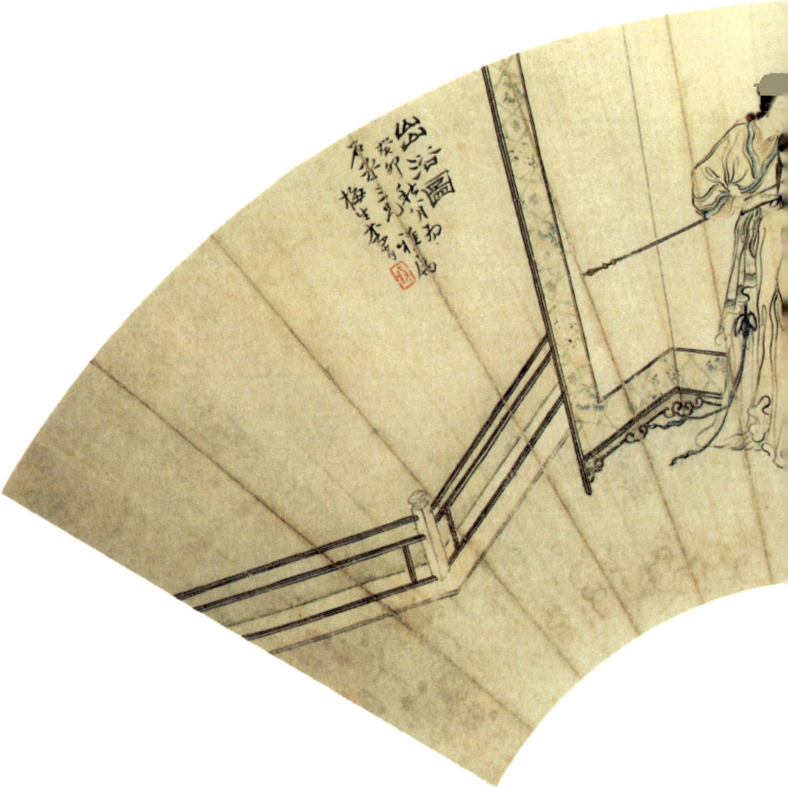

一座新汤池，而且，随安禄山一起来骊山的、他手下的胡族将领们也都会领受到“赐浴”之恩。看起来，在华清赐浴一事上，唐朝天子绝对的君恩浩荡，让大家集体泡温泉，一齐开心。为此，在“御汤”“妃子汤”之外，还建有几十间（一种说法是只有十六间）各自独立的大型浴堂，叫“长汤池”或“长汤屋”。这些室内浴池有些建在后宫的范围内，供宫女们使用；有些分布在外廷，供外戚王

清 李育《出浴图》 故宫博物院藏

公、文武大臣使用。想来，如此众多的浴池分别对应着不同的使用对象，沿山势次第分布，其位置规划一定蛮复杂的，势必分为几组错落分布的建筑群。

在御汤以及妃子汤各自占用一处泉眼之外，其余几处泉眼便是为这些长汤池供水，为此，工匠们用石凿的水管串连成复杂的输水系统。这些石水管埋在地下，形成沿山势而向下蜿蜒的暗渠，一处处温泉水分别汇入不同的石水管，通过这一暗渠输水系统由高向低迤逦奔流，前往各所汤池。也就是说，华清池多达几十间的洗浴场所完全依靠埋在地下的石“暗渠”来供水与排水。《津阳门诗》咏道：

暖山度腊东风微，宫娃赐浴长汤池。
刻成玉莲喷香液，漱回烟浪深逶迤。

大概，由于泉眼位于山势较高之处，借助水压的作用，各个汤池里才能形成温泉由石莲花中不断喷涌的奇观吧。最妙的是，这些石莲花的高度也是刻意计算好的，当池水灌满的时候，水面就会恰好与莲花的表面齐平，在这样的情况下，莲花的喷水在池水的表面所形成的是细巧、急密的微涡与涟漪，汩汩不断，也就是所谓“漱回烟浪深逶迤”意欲呈现的景象。

按照《明皇杂录》等书的记述，与李、杨二人浴殿的风格相反，供臣下泡温泉的浴池反而装饰绚丽，极尽镂金错彩之能事。这些浴池全部以带有天然花纹的玛瑙石砌面，也是在池中树有白石莲花喷水盆，喷涌出温泉水。另外，池水中还立有装饰假山，一种假山是把半透明天蓝色玻璃块堆粘成山峦的形状，放置在浴池当中，让玻璃的蓝色与荡动的明波互相折映；还有一种假山则是用贵重的天然沉香块或檀香块堆粘而成，浸在荡漾的清水里，会向蒸腾的、湿热的空气中吐放幽香。此外尚有带银饰的漆制小船、白香木制的小船，它们立在柱杆头，安插在水中，看上去仿佛这些小船就漂浮在池面上一般，桨橹均以珠玉装点。这类工艺品般的小船摆设，想来是用于放置洗浴用品之用。

赐浴于宫女或臣下的温泉浴池采用玛瑙石砌面，装饰华丽，与之对照，唐玄宗专享的“御汤”池及杨贵妃的“妃子汤”却里外一色镶砌白石，雪一样的不染纤尘，这是何等出人意料的对比啊！不难察觉，华清宫的浴池装修颇富异域色彩，与中亚、西亚甚至古罗马的浴池有相近的风貌。近代考古学者在骊山成功发掘出“莲花汤”“海棠汤”的遗址，均为石材铺砌、边设台阶，显示唐代华清宫内的浴池形制大体统一，《南部新书》等文献所记颇为可靠。所以，今人在吟味“侍儿扶起娇无力”的性感诗句、想象千百年前水汽蒸腾中的玉体的时候，也许不妨拿伊丽莎白·泰勒在电影《埃及艳后》里的奢华洗浴场面作为参考。

遗憾的是，史料没有留下关于这些汤池的建筑外观、内部装修方面的资料，也无从知道其中的取暖方式是否有特殊之处。根据唐代的普遍情况来看，可以推想，池馆之内会沿墙悬挂一层甚至双层的华丽丝幕来保温，还会张设帷帐以隔绝寒气。至于起芳香空气作用的各式香炉则肯定不会缺席，静静喷吐着袅袅如丝的芬霭。唐朝天子非常具有“好人做到底，送佛送上天”的气质，不仅要把骊山的浴池赐给宠臣们，让他们享受寒冬泡温泉的快乐，而且，赐浴的时候，还一并颁发洗浴用品以及浴后的护肤美容品。不要以为唐朝人洗温泉只是就着热水泡一泡而已啊，当时的卫生和保养用品也都很有门道呢！就拿其中最重要的澡豆来说，其作用相当于后世的肥皂，洗澡时就靠它来为身体除垢，因此，具有去油污性能的豆面和猪胰是其主料。然而，高档的澡豆在豆面、猪胰之外，还要掺加各种美容护肤的中药，另外更要兑入多种香料以生香。所有这些配料都被研磨成细粉，混合在一起，洗浴的时候，则将这些散着淡淡香气的粉末盛放在金、银或玻璃的小碗中，供人取用——当年，“御汤”的白石横梁上、“长汤池”中的小船上，摆放的正是如此讲究的洗浴用品，供唐朝的贵族们享用。

华清宫连同其温泉浴池早就烟灭于时光中，后人只能通过文献记录领略那一等的华丽。然而，这一份记忆始终值得持有，因为它所映现的，是大唐盛世在烟花般消逝之前的堂皇气象。

服饰

衣带也风情

唐朝的女士们出门，不需要带手包。在纸巾发明之前，没有哪个女人能离得开手帕，而唐人徐夤《尚书筵中咏红手帕》中有“罗带绣裙轻好系”一句，显得手帕在那时是直接系在“罗带”上，以这样的方式被携带着四处走。更有甚者，逢到节日去赶集，难免要买点时新小首饰之类的玩意儿吧，那就——

数钱红带结，斗草茜裙盛。（吴融 《个人三十韵》）

这样，一旦看中头花什么的，就可以——

同心带里脱金钱，买取头花翠羽连。（施肩吾《少女词》）

对唐诗宋词稍有兴趣的人都不会陌生于“衣带”这个词，如“衣带渐宽终不悔”之类的句子哪个念不上来呢？然而，这因了经典文学而如此著名的衣带，在唐代，差不多就是被当作手包来使的。先举牛僧孺《玄怪录》中的《裴谌》故事为例吧，因为这个故事里相关情节所营造出的景况可说是最为暧昧和尴尬，因而也最为迷人。大致情节是，坚持修炼而得道的裴谌，决心戏弄半途而废的王敬伯，在张宴款待他的时候，动用法术把王敬伯的妻室赵氏女招来作乐妓。其时，由于王敬伯为了仕途而长期在外奔波，夫妻分别已久，在这种场合下意外相逢，迷离恍惚，不敢相认，“敬伯坐间取一般色朱李投之，赵顾敬伯，潜系于衣带”——王敬伯找机会把一颗红李子扔给赵氏女，赵氏女回眸看向他，然后把李子悄悄系到衣带上。这一招很管用，宴会之后，裴谌再次用法术把赵氏女送回家，这颗李子自然也跟着衣带的主人一起上路。日后，赵氏女就以这颗李子为凭据，让娘家人找王敬伯算账——你凭什么用妖术戏弄你的妻子，让一位闺秀出台！王敬伯好一顿解释才得到妻子及其娘家的原谅。

传统服装一般不设衣兜，这就让古人携带小物件的方法五花八门，各朝有各朝的高招。在唐代，女服是采用上襦（袄）下裙的样式，上襦，也就是上衣，总是很短小，采用对襟的样式，用缝在两襟上的一对细带在胸部稍下的地方打个结，就足以把上衣系束住。挂系物件的所谓“衣带”，就包括这一对上衣的系带。“玉兔捣药”的传说家喻户晓，大概没人注意到在唐人传奇《裴航》中这仙药的出处——女仙云英“亦于襟带间解药付航，航即捣之，每夜犹闻捣药声，航窥之，见玉兔持杵而捣”。“襟带”，显然应该是指上衣两襟的系带。另外，唐代女服注意强调长裙的形象，特别是在盛唐以后，裙腰高升到腋下，短襦的下摆被收束在裙腰之内。裙腰的两端缝有裙带，女性把这两条裙带当胸绕身一周，然后在胸前打结，以此来系牢长裙。这裙带特别长，在胸前打结之后，还有一对长长的余端垂在身前，成为一种惹眼的装饰，因此，小物件也常被系到裙带上。实际上，与《裴谌》在情节上几乎完全相同的故事，还出现在《太平广记·张李二公》里，只是搞低级恶作剧地改为一张姓无赖老道，他不仅用法术把人家的妻室招来弹筝侑酒，席散之际，还“呼持筝妇，以林檎系裙带上”，真的属于恶劣行为。

真不错，唐代女性可以甩着手四处走，呃，当时恐怕更习惯的是两手笼在袖中四处走，但总之不用手里提东西。有什么非用不可的，或者须臾不能离身的物事，系挂到衣带上就是了。

《太平广记》卷三百七十《姚司马》中讲道，一位高僧在为姚司马家二小姐驱鬼的时候，“见其衣带上有一皂袋子，因令侍奴婢解视之，乃小钥也”——二小姐衣带上系了个小黑袋，其中放有一把小钥匙。这把小钥匙的发现，成了高僧最终侦破精怪之原形的关键线索。像钥匙这样的小用品，细小琐碎，很容易丢失，自然是装在小袋子里更为妥当。此外，再如唐人李景亮所撰写的小说《李章武传》中，女主人公——实际此时已是幽魂——在与情人永别之际，“自于裙带上解锦囊，囊中取一物以赠之”，可见，装有各种零碎杂件的小袋——按明清以来的习惯叫荷包，是衣带上的常客之一。如果根据这些唐人故事做理解，那么，系在身前垂带上的小荷包，里面往往保藏着女主人认为重要的小宝贝，这小宝贝还一定携带着不可为他人知晓的秘密。把自己最珍爱的秘密放在小袋子里，挂在身前，就既不容易丢，也不容易被忘记——女性似乎都特别容易忘记自己的藏带着秘密的小宝贝。通过这种方式，也等于把自己的秘密安全地、不露声色地暴露在光天化日之下，这一定多少缓解了不能张口泄密的憋闷感吧。

不过，另一种喜欢在身前悬挂的、其实更为唐代女性所珍视的，乃是做工精美、质地珍贵的小盒子，简直可以说，这种做法构成了时代流行时尚之一种。如沈亚之《秦梦记》中写道，小说中的男主人公得到一枚西戎国主赠送的“水犀小合”，并把这小盒转献给了秦国公主弄玉，“主悦，尝爱重，结裙带之上”；《元柳二公》中，“紫衣、凤冠”的女仙也是“遂襟带间解一琥珀合子，中有物隐隐若蜘蛛形状”。从故事中还可以看出，贴身而挂的这类小盒子很为唐代女性所珍视，她们喜欢在特殊的场合把这种小盒当作特殊的礼物。《元柳二公》中的女仙实际上就是把那装着神秘物品的琥珀盒子作为礼物送出；《淳于芬》中则讲到，小说中的两位女仙曾到孝感寺听讲经，一位女仙当场施舍金凤钗两只，另一位称为“上真子”的女仙则施舍“水犀合子一枚”。因此，不难理解，以小盒子作为爱情的象征送给心上人，在唐代小说中就成了很有代表性的一种举动。《玄怪录》有一则题为《崔书生》的故事，女主人公与情郎不得不分手的时候，便是“出白玉盒子遗崔生”。《曾季衡》故事中更是非常细致地写道，女鬼王丽真与曾季衡分别之时，“遂于襦带解蹙金结花合子，又抽翠玉双凤翘一只赠季衡”，当场从衣带上解下小盒，又从发髻中抽下一只翠翘，送给所爱的情郎。

由于女性普遍以小盒作为胸前挂饰，少年郎向女性赠送象征爱情的礼物的时候，往往也会选择小盒子。《唐晅》中，永别之际，张氏留赠一条罗帛子，唐晅则以“一金钿盒子”作为答赠。再如《霍小玉》中，“忽见自门抛一斑犀钿花盒子，方圆一寸许，中有轻绢，作同心结，坠于卢氏怀中”，在这个小盒里盛着几样表达男女爱悦之情的小玩意——两颗相思豆、一只叩头虫，还有媚药。

想来，正因为是在这样的风气中创作《长恨歌》，白居易才会想出“钗留一股盒一扇，钗擘黄金合分钿。但教心似金钿坚，天上人间会相见”的爱情宣言吧？已经升仙的杨贵妃把自己的一支金钗掰成两股，再把一个钿盒上下相合的两扇分开，让使者把一股钗脚、半扇盒身带给唐明皇，作为相思不灭的见证。在表达深情的方式上，已成女仙的杨太真，竟和那位女鬼王丽真是一样的！在陈鸿依据这首长诗

北京密云乾隆皇子墓出土的宋代白玉小盒，以子母口扣合，上雕一对鸳鸯作为挂环。现在藏首都博物馆。

唐 玉方粉盒 西安博物院 鸳鸯纹盒

所作的《长恨传》中，所想象的场景是：“指碧衣取金钗、钿盒，各析其半。”（《全唐诗》卷四三五）命令婢女取来那两件信物。这种举动当然很符合贵妇派头，但是，白居易所设想的情境会是如此吗？抑或，白大诗人想要表达的，乃是王丽真式的行为，多个故事中都提到的行为，唐代普通的男男女女都最熟悉不过的行为，即，女性当场取下自己身上的饰物，作为最宝贵的信证交出。这位伟大的诗人可是坚持要老太婆都明白他的诗句在说什么啊！

考古发现中出土的唐代金、银、玉、石、陶各式小盒并不少见，但是，这些小盒一般都不带穿环，显然无法直接挂系。然而，一九六九年出土于西安曲江公社的一只青玉小盒却与众不同。它由彼此独立的两扇盒身对合而成，在两扇盒身的盒沿上，各雕有一片相对展翅的鸳鸯纹样，鸳鸯纹当中透雕有镂孔，显然，丝绳可以由其镂孔中穿过，也就是说，这精美的鸳鸯纹恰恰起着吊环的作用。

应该注意的是，与这只小玉盒在形式上一样的小盒，在时代更晚的墓葬中时有出现。最具说服力的例子见于辽代陈国公主墓，公主尸殓的腰部、腹部放置着多件带链的挂饰，显然，在女主人生前，这些挂饰应该是垂挂在她的腰带上。其中恰恰有几件小盒，其中如一件“八曲连弧形金盒”，由两扇各自独立的盒身组成，以子母口相扣合。在盒沿的上下，焊接着两对对称的金环。上端的一对金环作为吊环，其内各穿有一小段金链，这两条小链又归系到同一条金链上，成人字形。人字形短链的顶端再系一金环，由此，就可以把金盒挂系到其他物件上。下端的一对金环则是作为销栓使用；在这对金环的侧旁，其中一扇盒身上另焊有一个小金环，一条细金链一端穿在此小金环内，另一端装有一个小插栓。在两扇盒身的子母口扣合之后，把小插栓插入盒下端的这一对金环，就等于是为盒身上了栓锁，小盒的两扇便无法彼此脱开。公主尸殓上尚有一件鱼形玉盒、一件鱼形琥珀盒，都采用完全一样的形式，小小有别之处，是在两扇盒身的鱼嘴处对称开孔，以此来代替吊环。另外还有一件龙凤纹玉盒，则是只带可供穿系的镂孔，但没有配装固定盒身的插栓装置。

陈国公主的这几件小盒有个共同的特点，就是两扇盒身互不相连，彼此独立，但带有吊环或穿孔，以挂链穿系在两扇盒身的吊环或穿孔之中，通过这一方式，把两扇盒身相连起来。同时，下侧有栓销，起到让扣合的盒身不松脱的作用。与之相应的是，唐代青玉小盒恰恰与陈国公主墓的这几件小盒完全一样，也是由独立的两扇盒身组成，盒口做成子母口，可以互相扣合；一端装有金环，可以在其中插小横栓，防止扣合的盒身松脱（小横栓已经失落不见）；与金环相对的一侧则为鸳鸯纹吊环。陈国公主墓出土的几件小盒，与玉佩、金香囊等饰物一道，安置在尸身的腰腹部，这应该意味着，在主人生前，它们是系挂在她的腰带上。由此推测，唐代小玉

辽 八曲连弧形金盒 内蒙古文物考古研究所藏（摄影：动脉影）

辽 鱼形小玉盒 陈国公主墓出土

盒在当年的用场很可能与陈国公主墓的小盒们接近，也就是说，是用于系挂在身上。不过，陈国公主穿辽族服装，因此，她的小盒是挂在腰带上，但是，唐代女服只有裙带与襟带，那么，这件唐代小玉盒是系挂于何处，也就不言自明了。

今天展示在小雁塔畔西安市博物馆里的唐代青玉小盒，以及陈国公主墓出土的小盒，盒身不装活轴，凭借绳、链穿系环孔的形式来连接两扇盒身，这样的形式居然能够长久流行，想来，一定有使用上的便利让人们喜欢吧。陈国公主的陪葬金、玉、琥珀小盒，小者为5.5厘米长，大者也不过7.8厘米长，恐怕作为装饰佩件的功能远大过实用性。唐代青玉盒更是小巧异常，长才4.5厘米，宽则仅3.5厘米，其鸳鸯纹上的镂孔只能穿系丝线，大约除了放一点口脂之类的化妆品之外，并不能派上其他实际用场，这样的小盒估计也只能挂在衣带上，起个点缀装饰的作用。

也许，我们甚至可以大胆地推测，白居易能够想到“钗留一股盒一扇，钗擘黄金合分钿”这个生动的细节，灵感也得自彼时普遍流行的、常用为情物的小盒的具体形式——两身盒身并非以活轴固定在一起，而是彼此分离，由绳索穿过盒身的吊环来相连，只要把绳索拆掉，盒身立刻就分成了两半，无论连还是分，都非常方便。更有意思的是，小盒的盒身虽然各自独立，但为了能够扣合，所以在大小、形状上要完全一致；口沿必须做成一子一母的形式，并且一定要制作得彼此严密相合，一旦相扣就不会轻易松脱；为了穿系稳当，两扇盒身的吊环在形式上也一定是一致的，这些设计本来是为了服务于实际的需要，却让人很容易地联想到爱情的理想状态——两个个体彼此达到完美的一致，灵魂与身体都深相契合，无法分离。

从出土实物来看，这类小盒在两扇盒身上的装饰图案往往也呼应对称，并且多以成双鸳鸯、成双水禽为内容，或者如陈国公主墓出土的龙凤纹玉盒，一扇刻龙纹，一扇刻凤纹，象征着两性的和谐与忠贞。看了这样的实物，我们对于“合分钿”的含义，也就有了更多的理解——“钿”，钿花也，也就是工艺品上的装饰花纹。本来合为一体的盒身被分开，两扇盒身上互相对称生辉的花纹也就失去了另一半的伴映。杨贵妃，或者不如说是作者白居易，用这样一个日常可见的现象，比喻相爱的灵魂被拆分之后的残缺感。唐时的多情男女们读到或听到这几句诗的时候，想来一定心领神会，别有感触吧。

太妃的帷帽

唐太宗的后妃们习惯于骑马出行，如果觉得这样的场景有些难以想象，那么就去看一看越国太妃燕氏墓的墓室壁画中那位手捧“帷帽”亭亭玉立的侍女。

这一壁画片段意义丰富，最基本的一点是，让我们得以看到初唐时代帷帽的具体形制。1990年，燕妃墓壁画得以清理出土，而在那之前，关于帷帽，只能凭借文献记录与后世的图绘资料去理解。

《旧唐书·舆服志》有一段很重要的总结，勾勒出唐代前期女性出行时专用服饰的递变过程：

> 武德、贞观之时，宫人骑马者，依齐、隋旧制，多著羃䍦，虽发自戎夷，而全身障蔽，不欲途路窥之。王公之家，亦同此制。永徽之后，皆用帷帽，拖裙到颈，渐为浅露。寻下敕禁断，初虽暂息，旋又仍旧。咸亨二年又下敕曰：“百官家口，咸预士流，至于衢路之间，岂可全无障蔽。比来多著帷

帽，遂弃羃䍦；曾不乘车，别坐檐子。递相仿效，浸成风俗，过为轻率，深失礼容。前者已令渐改，如闻犹未止息……”

则天之后，帷帽大行，羃䍦渐息。中宗即位，宫禁宽弛，公私妇人，无复羃䍦之制。开元初，从驾宫人骑马者，皆著胡帽，靓妆露面，无复障蔽。士庶之家，又相仿效，帷帽之制，绝不行用。

唐太宗时期，贵妇们骑马外出时会用叫作羃䍦的长面纱兜头罩下，把整个人形笼在里面，一如今日阿富汗女性所披的“波尔卡”。但到高宗时代，帷帽兴起，代替了羃䍦。

帷帽的最初用途在于遮挡风沙与日晒，游牧民族骑马跋涉时普遍戴用，很可能就是游牧文化的发明。唐帝国建立以后，沿袭北朝以来的风气，贵族女性，包括宫廷中的后妃、宫女，都习惯于骑马外出，于是，到初唐时代，帷帽被她们充作面纱，用以在马背上遮蔽身形。《旧唐书·舆服志》中便明确提到，帷帽的用途在于宫人、百官家眷骑马走在道路上时起障蔽作用。

至于帷帽的形制，宋人郭若虚《图画见闻志》中的一条注文解释得清楚：“帷帽，如今之席帽，周回垂网也。”这是一种在帽檐周围垂挂一圈纱网的帽子，显然“帷帽”之称即是因护帷回绕而来。五代马缟《中华古今注》中，“席帽”条则云：“本古之围帽也，男女通服之。以韦之四周垂丝网之，施以朱（珠）翠，丈夫去饰。”依其说法，周沿缀帷之帽实际上属于男女通用的一种帽具，不过女用帷帽的垂络上会装点珠翠！

《图画见闻志》说帷帽是“垂网”，这让后人容易理解为纱、罗一类疏薄织物。《中华古今注》却指出这种帽子是“垂丝”。稍加观察便不难发现，燕妃墓壁画上的侍女手中所捧明显为一只竹丝或藤丝编的斗笠，斗笠的周沿接缀有一圈长丝绦，这些垂绦的排列颇为密集，形成一道薄幕，正是体现了“垂丝”的形式。如此的描绘倒与《中华古今注》的定义相符，由之可以确定，第一，画工在此所意欲展现的正是一只帷帽；第二，帷帽至少有两种形式，一种是帽檐周围缀挂丝网，一种是缘帽檐周边悬吊一圈长丝穗。

壁画中手捧帷帽的侍女只有一位，那么，她掌上之物就只能是为墓主预备，画意是表现恭顺的侍女随时等待将帷帽献给女主人，伺候她上马出行。须知燕氏可不是普通女人，她十三岁即为秦王李世民侧室，生越王李贞、江王李嚣，后封德妃，至高宗朝册为越国太妃，在王府与皇宫中度过了大部分人生，且地位尊贵。这样一位皇妃的墓室中，特意画出预备她骑马使用的帷帽，初唐时代果然气质剽悍。

实际上，据《旧唐书·舆服志》所记，帷帽兴起于高宗统治初期的永徽年间（650～655）。令人心生莫名感慨的是，燕妃于咸亨

唐 捧帷帽的侍女壁画
陕西礼泉燕国太妃墓出土

二年（671）年底入葬位于昭陵的陪葬墓，正是在这一年，帷帽的流行竟至于惊动到唐高宗，使得他第二次出手试图扭转不正之风。敕令中云“比来多著帷帽，遂弃羃䍦”，显示高宗时是帷帽逐渐取代羃䍦的过渡期。因此，燕妃前半生所熟悉、常用的乃是羃䍦，帷帽要算她人生最后二十年中逐渐接受的新时尚。

也就是说，燕妃墓壁画呈现的，乃是帷帽盛行初期的样子。墓中所绘帷帽的帷裙很长，将此帽戴在头上，垂络大约能够遮蔽大半个身形。显然，帷帽最初乃是这般帷裙长坠的形态。从图中来看，长穗条条顺滑，并不紊乱，也没有缠绞在一起的情况，推测起来，彼此之间会以一道道横向的细丝进行编结，也就是说，其实这些长穗还是形成网络的形式。如此的围网显然要比纱、罗稀疏，帷中的身形也就更多地从疏网中泄露形象——难怪就在咸亨二年，唐高宗曾亲自下诏想要阻止帷帽的流行呢。

在那丝穗连成的疏网上装点珠宝或翠鸟毛，形成缀珠或贴翠而成的莹亮花纹，定然是异样的华丽。这是珠光宝气的面纱啊，也就难怪女性们不肯放弃，面对官方的压制，“初虽暂息，旋又仍旧”，皇帝的意志遭遇时尚流行的时候，会顿时变得软弱无力，宫廷内外的女性，负责装饰墓室的画工，都将圣旨当空气。

于是，帷帽很轻快地击退了天子的干预，到武周时期，竟气势如虹地变成了一统天下的女性骑马服饰。所以，我们基本上可以肯定，武则天在少女及少妇时代，都常披戴兜头面纱即羃，在她成为皇后之后，如果骑马出行，会戴一顶燕妃墓中那样的帷帽。

帷帽盛行之后，帽“裙”即垂网或垂穗逐渐缩短，日益失去遮蔽女性身体形象的作用，最终收缩到肩部，仅仅能将女人的面庞笼在纱影里，身体的形象却暴露无遗。这就意味着，武则天时代，凡有能力骑马出行的女性，全都戴用这种浅纱至颈的帷帽。

到了开元年间，连帷帽也被抛弃了，仕女们索性“靓妆露面”。最有意思的是在唐人李华《与外孙崔氏二孩书》中提到：“中年至西京市……男子衫袖蒙鼻，妇人领巾覆头。向有帷帽、羃䍦，必为瓦石所及。”大约到天宝年间，女人戴帷帽反倒显得不合时宜，如此打扮着外出会遭到戏弄与侮辱。因此，如果在影视中表现开元、天宝时期的杨贵妃、虢国夫人等人骑马戴帷帽，那就犯了不准确的错误。

帷帽作为上层社会富贵女性流行服饰的全盛期，大约自永徽至开元初，前后为一个半世纪。不过，种种线索显示，这种形制的帽具并未就此彻底绝迹，一个最有趣的例子便是，直到当代，广东惠州等地客家女性的传统“凉帽”仍是帷帽的基本形制。相关记载见于清人梁绍壬《两般秋雨庵随笔》中“韩公帕苏公笠”条：“惠州、嘉应妇女多戴笠。笠周围缀以绸帛，以遮风日。名曰苏公笠，眉山遗制也。”传说中宣称是苏轼将此种斗笠引入当地，因此拥有一个极催惹思古之幽情的雅称——苏公笠。从今日能见到的实物来

唐 戴帷帽骑马仕女泥俑 新疆阿斯塔那唐墓出土 新疆维吾尔自治区博物馆藏

看，苏公笠周沿的垂帛很短，不能掩挡面孔，其意图在于“以遮风日”，利用垂下的护帘遮阳避风。实际上，如此的形式与宋代广泛使用的“席帽”——即帷帽的男性版一致，因此，“苏公笠”的传说有可能反映了真实的历史，这种帽具是在宋代传播到惠州一带。

寻踪帷帽向周边国家的扩散也是很有意思的课题。日本在历史上便引入了与燕妃墓壁画所示异常相近的“帷帽”，结果，恰恰是在这个国家的现代影视作品中，帷帽与贵妇、与武士等形象联系在一起，被提炼为神秘、独立、飘忽无定、诱惑等多重含义的符号。黑泽明的《罗生门》中，无心的风将帷帽的长纱忽然拂开一线，那是风的错误吗……

不过，挑战笑点的是，经由日本影视得知这样一种风吹仙袂、容易营造神秘感的帽具，近年中国影视人也快活地迷上了帷帽，大片或热剧里，先秦、秦汉的美女们纷纷顶着轻纱飘晃的帷帽妖娆，根本不管是否制造了时代错误。

其实，早在唐代，张彦远《历代名画记》中就指出：“阎令公画昭君，已著帏帽。殊不知木剑创于晋代，帏帽兴于国朝。”原来大画家阎立本也犯过同样的错误，让王昭君头顶帷帽出了塞。但张彦远明确指出，帷帽是唐朝才兴起的一种服饰，因此唐以前的女性与之绝缘。

但是看来即使张彦远这样权威的声音也不能阻止今天的高人们。

裙底的鸳鸯鞋

当代时装有个“拼色”的概念，即，用不同颜色的衣料拼成一件整衣，夸张的情况可以是一条长裤的两条裤管一红一黑或其他对比强烈的搭配，让人联想到嬉皮作风。然而，其实中国传统服饰早就利用“拼色”手法，最突出的一例当属宋时发明的“错到底”女鞋。

陆游《老学庵笔记》记载道：“宣和末，妇女鞋底尖以二色合成，名‘错到底’。”北宋末年的女性流行用两种颜色的布帛做鞋面，这样，一只鞋自鞋尖至后跟会呈现两种不同色彩，所以得了个奇巧的叫法——错到底。

“错到底”鞋式一经出世便颇受女性青睐，直到元代还常见。元人周文质有《双调 · 折桂令》一首，便明白地题为“二色鞋儿”，也就是说这一首小令专为咏讴“二色鞋儿”而作：

轻摇环佩丁东，半露新荷，半掩芙蓉。花柳些些，霞绡点点，锦翠弓弓。绿绫扇轻拈落红，茜萝尖微印苔踪。心恨难通，裙底鸳鸯，出落雌雄。

揣其意不难明白，二色鞋儿的鞋面正是半扇用绿罗、半扇用红罗，所以鞋面一侧红、一侧绿。显露在裙底，自绿的一侧这边看来如荷叶抽角，自红的一侧那边看则似孤片莲瓣。走动起来，只见一抹如霞的红绡与一抹欲滴的翠色，低低的，交错晃眼。两只弓鞋的拼色对称地一致，所以被周文质比喻为一对华丽的鸳鸯，同行并立。

显然，周文质是在玩味他于生活中亲眼看到的实物，所以才能写得如此生动活泼。由此可知，陆游的记载在一定程度上反映了历史实情，二色鞋或说“错到底”式鞋确实曾经存在，曾经在往时女子的裙底俏丽。

文献中还出现有“合色鞋”一称，《醒世恒言》中“陆五汉硬留合色鞋”一篇，就是以少女潘寿儿的一只合色鞋作为贯穿线索。明代徐光启《农政全书》介绍嫁接花木中的“过贴”技术，即，把相邻两棵树或两株花的各一根枝条削切后封合在一起，令它们逐渐长成一体，其中有言：“欲花果两般合色，则勿去其稍”——如果乐意在培植过程中看到接合在一起的两根枝条同时各开其花、各结其果，形成两种花并肩开放、两种果错杂轻垂的有趣景象，那么操作时要保留枝梢，不要砍成秃枝。“花果两般合色”一句正显示

元 白色斜纹绸彩绣翘头女鞋 隆化民族博物馆藏（摄影：动脉影）

出，古人会把两种不同颜色并列的情况称为“合色”。因此可以推测，合色鞋乃是“二色合成”之鞋，因此如二色鞋一样，是“错到底”鞋式的另一种通俗叫法。

合色鞋一称早在宋代已经流行，宋人王千秋《桃源忆故人》词便咏为：“移灯背月穿金缕。合色鞋儿初做。却被阿谁将去。鹦鹉能言语。”写一位女子亲手新做成的“合色鞋儿”居然被不知谁人偷走了一只。剩留的一只宛如失掉伴侣的“孤鸾”，因此词尾叹道：“若念玉纤辛苦。早与成双取。”如果真心怜惜女子做鞋的辛苦，还不如趁早把一双鞋都取走。显然，此处是双关语，其实是暗示有情人赶紧把鞋的主人娶回家。这样看来，所谓丢失的合色鞋多半也是女子作为信物赠给了心上人，一如潘寿儿把自己的一只合色鞋从楼上窗中丢给少年郎张荩。两种颜色拼合而成的鞋面很容易转为“成双”“相伴”的寓意，形象地表白女子的心意，在男女难以通过语言直接剖白感情的时代，倒是挺适合作为信物。所谓被人偷走一只，不过是鞋主人瞒骗众人的托词罢了。

另外，周密一首《浣溪沙》词描绘一位佳人在夏日的清雅装扮：“合色麝囊分翠绣，夹罗萤扇缕金书。十分凉意淡妆梳。”她所配挂的香囊正是“合色”也就是双色帛料拼成，满布鲜丽刺绣。由此亦可见出，在往昔中国，“拼色”一法不仅用于女鞋，而且活跃于各种服饰。

元代丝织幡形饰物，主体为红、绿二色的"合色"拼配。河北隆化鸽子洞出土。

见证盛世的异域宝石

明代崇祯年间，有一本“短篇小说集”《型世言》印刷发行，公开在书坊内销售，供人买回家阅读。这本三百多年前的话本小说集中，《宝钗归仕女》一篇以锦衣卫王指挥家的一支祖传金钗带动情节的发展，那支钗上镶有蓝宝石、石榴石、酒黄宝石等“四五颗都是夜间起光的好宝石”。

当年，明代官员家眷的首饰可以如此奢华，嵌满不同种类的宝石？是讲故事人在夸大和美化吗？非也。近年来，考古发掘令数量惊人的金首饰从明代墓葬中出土，这些首饰的一大特色正是特意以色彩不同的贵重宝石组合排列，达成缤纷瑰丽的视觉效果。明代上层社会可以拥有如此的奢侈，这固然出乎很多今人的意料。可能大家更加想象不到的是，这些宝石全部来自异域，是通过国际贸易进口而来。

历史上，中国曾经长期是世界上最重要的生产中心、贸易中心之一，因此也是经久不衰的贸易顺差大户。从国际贸易中获得的巨大收益促使中国成为吸引全世界奇珍的奢侈品消费市场，本土天然匮乏的缤纷宝石亦在其列。从汉武帝开始，汉朝向西打通陆上丝绸之路，向南开拓海上丝绸之路，到东汉时，进出口贸易便发展为前所未有的顺畅，异国传入的新鲜物品让贵族生活焕发全新的风貌，其中就包括“玫瑰”和“琅玕”两种宝石。据研究，琅玕是绿松石，玫瑰则是红玛瑙，当时是从南方或西域进口而来。汉代工匠将绿松石和红玛瑙切割成小粒，再打磨为光滑的圆凸状表面，彼此相错地镶嵌在金器或鎏金铜器上，形成赤碧对比的绚丽效果。

学者们推测，“玫瑰”与“琅玕”这两个在汉代突然出现的词称都是异国语言的直接音译。不过，随着语言的变迁，从南北朝开始，人们不再把进口玛瑙呼为“玫瑰”。然后，从唐代起，这一名称被转而指称花朵，沿袭至今。如今我们一提起“玫瑰”，便会立刻想到芬芳娇艳的花卉，这个字形悦目、发音悦耳的词汇最初的意义却少为人知了。

同样非常有意思的是，汉代文献中出现了“璧瑠”“璧流离”一词，乃是古波斯语中“水晶”（发音大致为bolur）一词的音译。到唐代，该词译成“玻璃”。在汉唐人那里，“璧瑠”“璧流离”“玻璃”都是专指来自异域的天然彩色宝石。我们如今所熟悉的人造玻璃，在那时则是称为“琉璃”。不过，从宋代起，玻璃逐渐用于指称异国生产的人工玻璃器，沿用至今，

清 金累丝嵌珍珠宝石九凤钿口 故宫博物院藏（摄影：动脉影）

以致我们忘记了它当初的意思。

在唐朝，进口“玻璃”的种类增加到红宝石、蓝宝石、黄宝石、绿玉髓等，宋时则出现了伊斯兰世界出产的孔雀石。不过，自汉至宋，这些宝石的贸易量不大，仅属宫廷以及少数贵族巨宦独享。要等到元代，蒙古帝国横跨欧亚大陆，促使这片大陆上形成流动通畅的贸易网络，由此，异国宝石进口的种类变得更加丰富，数量亦大为增加。因为这些贵重宝石多数从伊斯兰世界进口，所以俗呼“回回石头”。同时，人们又借用阿拉伯语“宝石”一词的发音（大致为“yagut”），写成“鸦鹘”或“亚姑”，用来标示从中亚、西亚贸易而来的透明宝石。红宝石称为红亚姑、黄宝石为黄亚姑、白宝石为白亚姑，蓝宝石则称为“青亚姑”“鸦鹘青”，到明代简称作“鸦青”。在这个时期，猫眼石、祖母绿等名贵宝石也引进到中国，备受珍视。

明人沿袭元风，仍然喜爱从异国千里而来的彩色宝石。在这个时期的一个重要事件——美洲白银的发现，为中国提供了扩展对外贸易的新动力。于是，明朝期间，中国与世界多地的贸易可谓全面启动，从瓷器、丝绸到稻米、棉布乃至香精油，先进的生产技术使得中国几乎各个领域的产品都具有鲜明的竞争优势，成为异国市场欢迎的对象，这就造成白银迅速且大量地流入中国。在空前的富裕当中，进口名贵宝石的规模也进一步加大，相应的，消费群体也发生了扩充，富商、中级官员之家都有能力享用镶嵌彩色宝石的首饰。《宝钗归仕女》一篇正是当时实际情况的一种反映，类似描写在明代通俗文学中往往可见，《金瓶梅词话》中就提到，李瓶儿私房宝物内包括“二两重一对鸦青宝石”，还有过世公公花太监生前所用的“一件金镶鸦青帽顶子”。《二刻拍案惊奇》中“襄敏公元宵失子”一篇描写小主人公头上打扮，“只头上一顶帽子，多是黄豆来大、不打眼的洋珠穿成双凤牡丹花样，当面前一粒猫儿眼宝石，睛光闪烁，四围又是五色宝石镶着，乃是鸦青、祖母绿之类”。出土文物印证了文学描写的可信性，以定陵出土万历帝后的首饰为代表，这些明代首饰实物往往会在一件饰品上刻意以红、蓝、黄、绿、猫睛石以及珍珠、玉石等交错排列，富丽华贵。

由于宝石长期依赖进口，就形成了一个有趣的现象，汉语中关于宝石的称谓往往直接借用外来语。其中，最富有诗意者无疑当属“碧霞洗”。这种宝石乃是从缅甸等地进口而来，在清代开始受到赏识，据说慈禧太后尤其喜欢，她的这一偏好引发整个社会跟风，于是在晚清成为价格异常昂贵、宛如时尚象征的珍物。此类宝石在引入的时候，也是采用了异域语言的音译作为名称，以致有一段时间内清代文献“书无定字”，写作“碧砑玺”“碧鸦玺”等，流传到今日，被简化为“碧玺”。 然而，清人赵翼《檐曝杂记》中记录了当时的一种译法“碧霞洗”，不仅让单纯的音译变得具有了

明 佚名
《夫妇像轴》局部
故宫博物院藏

明 金镶宝石冠 云南省博物馆藏（摄影：动脉影）

清 碧玺翡翠十八子手串
故宫博物院藏
（摄影：动脉影）

意境，而且还生动地体现了所指对象自身的最大特点，可谓翻译中的成功例子。此种宝石如水晶一般透明，有着粉、黄、绿等多种色彩，不过，其最典型的色泽正是粉霞色，恰如晴霞彻映的天空一般闪着粉红或浅紫的透明光泽，名之曰“碧霞洗”，真算得上传神。

因此，当我们凝望那些借考古发掘而重现于世的古代首饰时，应该意识到，点缀在其上的颗颗精美宝石，不仅是中国古代工艺高超水平的证明，同时也昭彰着中国文明和世界的交流与互动不断推进的历程。

珠络的华衣

据传，光绪皇帝曾经动用千颗珍珠以及若干翡翠为珍妃做了一件“珍珠旗袍”。这个故事的另一个版本则是说，珍妃做了一件“珍珠披肩”。无论是旗袍还是披肩，总之都很惹慈禧太后动怒。其实这个故事的可信性值得怀疑，须知，在当时，旗袍上饰珍珠，或者用珍珠编成云肩，应该算蛮普遍的风气。

把珍珠乃至金珠钻出细孔，用丝线钉到服装的表面，形成华丽的纹饰，这是中国传统高档华服的一种常用手法，文学中称为“珠服”。唐宋时代，流行的方法是在衣服上用翠鸟毛贴出蓝色、微微闪光的花纹，然后钉缝珍珠，形成微凸的图案，如此形成珠与翠在色泽、质感上的对比。珠服的最高峰是在宋代，当时高档华服一律用珍珠装饰边缘与接缝。宋人郭若虚《图画见闻志》就记载，在由官方绘制的皇后画像上，皇后头戴“翠凤冠”，身穿“珠络泥金”的宽袖礼服。所谓“珠络”就是指衣服上不同部位拼缝的地方以及领边、衣边全部装缀一溜珍珠。足相印证的是，今日可见的南薰殿

清 慈禧佛装像 故宫博物院藏（摄影：动脉影）

旧藏宋代皇后像，正是戴翠冠，袍领缘以珍珠，更为醒目的是，其中宋仁宗皇后像上绘有立侍两旁的一对宫女，二人所穿盘领袍的衣缝、襟缘、领缘均一路缝缀珍珠，甚至内衬衩衣的领缘、衩缘也同样以白珠饰边，恰是所谓“珠络”之衣。珠络衣在宋代女服中广泛存在，文献记载，公主下嫁时，陪嫁衣服中包括饰有珍珠的礼服与长上衣，以及“珍珠翠领”的四季服装；宫中妃嫔也会受赏“北珠缘领道氅”“珠翠芙蓉缘领”。实际上，在那个时代，民间女子只要有足够的财力，也都会制作几件钉珍珠的华服，风气泛滥得太厉害，以至于端拱二年（989），宋太宗专门下诏规定：“珍珠装缀衣服，除命妇外，余人并禁。”很有意思的是，这道诏令仍然允许受赐诰命的贵妇们穿着缝珍珠的礼服，只是试图禁止平民女性也享受同样的奢侈。不过，类似的圣旨一般都不会得到社会的遵行，时尚会我行我素，各阶层的女性照样统一以珠服为美为贵。

必须清楚的是，缝缀珍珠的装饰手法并非仅用于女服，《宋史》中就记载宋徽宗曾经现场脱下身上“珠袍”赐予臣子，《元史》中也提及皇帝赏赐功臣“贯珠袍”。男性最高贵的华服缝钉珍珠的风气一直延续到明清，据《万历野获编》，曾经有万历皇帝宠信的老宫女偷走“御前珍珠袍”，交给私好的“菜户”太监卖掉，事后追查起来，却连累一群掌管皇帝服装的太监受尽苦难。及至清代，则有珍贵的钉珍珠龙袍实物幸存至今，一般都是用小粒珍珠——当时称为“米珠”——有规则地钉在龙纹部位，由此让整条龙纹都由珍珠组成。

其中堪称人间奇宝的是北京故宫博物院收藏的一件乾隆时期“孔雀羽穿珠彩绣云龙纹吉服袍”。这件礼服袍以蓝色素缎做袍面，但是，除花纹以外的部分全部用孔雀羽线绣满。也就是说，整个袍面都被孔雀羽线满覆，根本看不到蓝缎。花纹部分则采用米珠钉绣的方式形成大小九条龙纹，而龙须部分以及周围的蝙蝠纹以小红珊瑚珠钉绣，另外还用金线、银线、五彩丝线绣出龙身的细节以及云纹、海水江牙纹等。珍贵的材质制造出独特的视觉效果，让人不禁感叹乾隆时代国力的强盛、工艺的高妙。

在清代，钉珍珠这一豪华装饰手法并非仅用于正式礼服。慈禧太后曾命美国女画家为她绘制一幅油画肖像，在这幅画像中，权倾一时的“西太后”便穿了一件钉珠旗袍。这件旗袍的袍面上分布着一串串紫藤花，每簇花上均钉满硕大的珍珠，同时还用珍珠在圆领、袖口界出一道珠边，尤其是旗袍下摆，装饰了疏密不一的四道珍珠镶边，正是一件名副其实的珍珠旗袍。

珠服还有另外一种更为有趣的形式，那就是用金属线或丝线把多颗圆珠直接串成联珠网络，编织为特定的形状，从而成为一种服饰。早在汉代，皇后最高等级的礼服当中就包括“珠襦”，是把珠子用金属丝串起，编织成一件硬挺的短袖罩衣，罩穿在礼服之外。

据记载，那个时代，天子王侯们下葬时也一律穿珠襦。在广州西汉南越王墓中发现了一件珠襦的残件，乃是用上千颗浅蓝色玻璃珠编成，由此可知，珠襦不一定全用珍珠，往往是利用玻璃珠、骨珠等更为便宜的材料。

慈禧太后也很喜欢这种珠编的服饰，具体来说，她中意的是用大号珍珠串成的网络式云肩，拍照时几次披挂上场。包括与美国公使夫人等西方使节夫人的合影，她也是着意在旗袍外套了一件大珍珠编就的珠络云肩。传说中珍妃所做的珍珠披肩，其实就是这种珠络云肩而已。

必须一提的是，清代有一种“瓔珞衣”，乃是藏传佛教大喇嘛举行重大佛事时所穿的法服。这种瓔珞衣包括珠络云肩，不过云肩的正前与背后都会垂下珠串的瓔珞。另外还带有帽饰、肩饰与臂饰、佩饰，尤其耀目的是一件珠络式下裳（裙片），均为珠编而成。这些瓔珞衣并非以珍珠为材，而是用砗磲、驼骨等磨成圆珠。根据等级不同，编衣的串珠被染成五种颜色，最高一级为红珠，其次则为蓝、白、绿和明黄。如此的法衣带有浓重的政治色彩，由江南三织造（即江宁织造、苏州织造与杭州织造）承制，清朝皇帝将它们颁赐给各级大喇嘛，以此表示对大喇嘛们地位的认可。因此，每一套瓔珞法衣都精工巧制，这些法衣一般还会配有软衬，也就是丝绸制作的衣饰零件。如乾隆时代的一套红砗磲瓔珞衣，便配

宋 佚名 《宋仁宗皇后像》 台北故宫博物院藏

清 勋龄 《慈禧太后与外国公使夫人们》 故宫博物院藏

以云肩、双袖与裙围，均为大红缎裁制，利用金线、五彩丝线绣出祥云、蝙蝠、八宝、如意头等吉祥纹样，同时在云肩垂胸中绣有佛像。如此独特的珠衣，在今天看来，仍然是自成特色。

说回到文章开头的话题，既然以珍珠钉在衣裙上的风气、制作编珠服饰的风气在中国历史上一直存在，那么即使珍妃真的曾经做过这类衣装，也不至于成为让慈禧怒不可遏的理由。所以这两则传说大概属于民间演义。如今，钉珠始终是女性服饰上常用的手法，至于纯粹以珠子串成的璎珞衣，在现代时装中也间或有类似的例子，但并不多见。也许，将中国古代的这一服饰形式加以翻新、改造，会催生出有趣的时装设计思路。

飞燕的金衣

《西京杂记》中记载，西汉时，赵飞燕与妹妹赵合德同时受到汉成帝宠幸，赵合德为了缓和姐妹争宠的紧张形势，呈送给赵飞燕一批精美礼物，其中有一件“金错绣裆”。古老的服装名称似乎显得难以理解，其实，翻译成今天的说法，“金错绣裆”就是贴有金箔花纹的绣花坎肩。

“裆”是“裲裆”的简称，意为坎肩儿、背心。“错”则借用当时金属镶嵌工艺的习惯用词，转而形容以金箔贴饰服装的做法。因此，按照《西京杂记》透露的信息，早在西汉时代，贴金工艺就已经运用在皇家服饰中。

到东汉时代，贴金服饰在上层社会日渐流行，至三国魏晋南北朝，这一装饰手法迎来了鼎盛时期。所谓贴金、贴银，就是把成片的金箔、银箔直接贴到服装的表面，形成反射金色与银色光芒的花纹。黄金、白银之所以可以直接贴到丝绸的表面上，是因为这两种贵金属具有超级良好的延展性，熟练的金工可以通过特定的工序与技巧，把金片、银片一点点捶打成极薄的金箔、银箔。晋人陆翙《邺中记》记载，十六国时，后赵国主石虎的仪仗扇贴有金箔，就是“薄打纯金如蝉翼”，当时已经能把黄金捶打到蝉翼一般薄的程度。正是因为有了如此成熟的金箔制造工艺，贴金银衣裙才成为汉代以来中国贵族服饰的重要装饰手法，也让自汉至宋上千年间的华美衣装金光烁芒，银辉流溢。

在三国魏晋南北朝时，仍是借用金属镶嵌工艺的用词，把服饰上贴金银的工艺称为“镂薄（箔）”“镂金”“镂银”“金银饰镂”“镂金银薄（箔）”等。因此，在阅读这一时期的文学作品时，一旦见到这类描绘，就该明白，文意是指贴有金箔或银箔的华丽服饰。如庾信《春赋》中“镂薄窄衫袖，穿珠帖领巾”，是在描写一位女子服装异常华贵，衣袖上贴有镂刻成花纹的金箔，领巾则钉着颗颗珍珠作为点缀。

非常珍贵的，在新疆的考古发掘中，尉犁县营盘等处的汉晋古墓出土了那一时代的多种贴金服饰实物，包括贴金的袍、衣、裙下摆、衣褶残片，也包括完整的贴金绮夹襦，让我们得以亲眼看到“镂薄”的精彩动人。其中最具震撼力的是尉犁县营盘墓地15号墓出土男尸的身上服饰，在红地对人兽树纹罽袍的领口之内，露出内衬的淡黄绢袍，这绢袍的前胸装饰用小片金箔贴出穹形花纹；同样的，在男尸足袜的绢面上，也有金箔贴成的花纹。在十几个世纪之

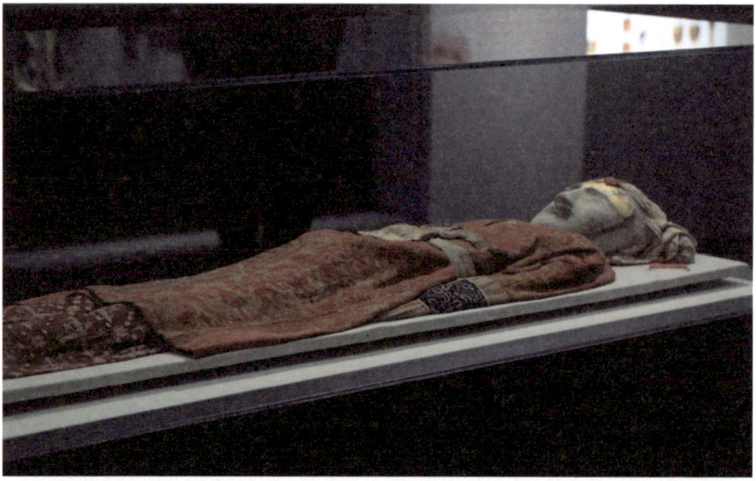

汉 营盘男尸 新疆博物馆藏（摄影：动脉影）

后重见天日，这些金箔依然光芒夺目。神秘墓主一身的罽袍、绣裤，本来就已经非常精致、华丽，贴金的光辉，闪烁在这一身完整的、汇聚着多种文化传统的珍贵服饰上，就像是昔日的高贵与荣耀的一次沉默凯旋。

从这些实物上可以看到，在这个时期，是把金箔剪成几何形状的小片，按照预定的设计一一贴到衣料面上，组合在一起，形成菱形、三角形等复合图案。赵飞燕从妹妹那里得到的贴金绣花坎肩，大致就是这样的风貌。

镂薄工艺同时也称“金帖”。所以，温庭筠《菩萨蛮》“小山重叠金明灭”一词描写一位女性晨起梳妆，打扮妥当之后，开始穿上华丽的衣裙：“新帖绣罗襦，双双金鹧鸪。”当时的人一看就明白，这里呈现的是一件采用贴金工艺的短上衣，在前襟上，一左一右，一对用纯金箔贴出的鹧鸪纹辉光芒丽。

入宋以后，同一工艺改称“贴金”。1975年发现的福建福州南宋黄升墓中，出土了带有贴金饰的宋代女装实物，由此我们可以观察到，到了唐宋时代，贴金箔、贴银箔巧妙地与凸版印染技术结合到一起，其具体过程为：

把刻成各种图案的凸版（阳版）涂满胶液，先在织物上印出胶液的花纹图案，然后贴上金箔，再去除多余部分，就形成了金箔的花纹。

利用这一方法，金箔可以在织物上显影成任意形状的图案，工匠也就随心所欲地利用金箔来进行艺术创作。

实际上，黄升服装上的贴金印花，就是宋代花鸟画高度成就的微缩版，例如一条褐色牡丹花罗镶花边夹衣，其长长的领条上，婉转生动的牡丹、芙蓉、山茶等花纹，与今日所见宋人花卉小品同样传神，但是，这衣上小品的花与叶，都是用金箔贴成，其上再加以彩绘。看着它，我们足以完美地领会“新帖绣罗襦，双双金鹧鸪”当年在清晨阳光中的视觉效果。可以确信，温庭筠笔下晚唐美人短袄上的金鹧鸪纹必是移用了活泼、健劲的唐代花鸟画，是一幅金色的花鸟小品，如同花影移墙一般，清晰地显影在美人的身前。

到了明清时代，随着金泥、金线绣以及织金锦等工艺的后来居上，古老的贴金工艺反而失去了优势，退居小配角的地位。一般是将金箔剪成窄条，贴在衣边、鞋口等地方，起一点装饰作用。在清代，随着时尚风气的转换，贴金几乎从贵族服饰中彻底消失。《红楼梦》中有那么多的盘金等金线绣的服饰，以及织有金线的锦、缂丝等高级衣料，但是金箔只能以“掐金”的形式，化身为窄窄的细条，作为花纹外缘的边饰，偶尔露脸在袜、鞋上。

南宋 印金领抹山茶花罗上衣 黄升墓出土 福建省博物馆藏

南宋 销金花边花绫裙
黄升墓出土 福建省博物馆藏

南宋 印金彩绣芍药灯球花边
黄升墓出土 福建省博物馆藏

波希米亚风的钗黛

《红楼梦》前八十回中，只写了一次林黛玉的服饰，一身御雪冬装：

> 黛玉换上掐金挖云红香羊皮小靴，罩了一件大红羽纱面白狐皮里的鹤氅，束一条青金闪绿双环四合如意绦，头上罩了雪帽。

在这里，靴、帽、绦都算是提色之笔，塑造形象的关键在于那件“鹤氅”，此种服装的形态很特殊，没有双袖，有点像今日的墨西哥披风“萨拉佩”，但在长度与宽度上都更为夸张。明代太监刘若愚《酌中志》记录：“鹤氅，有如道袍袖者，近年陋制也。旧制原不缝袖，故名曰‘氅’也。彩、素不拘。”清人曹廷栋《养生经》里则说：“随寒暖为外加之衣，夹与棉与皮必俱备，为常服之最适。式如被幅，无两袖，而总折其上以为领，俗名‘一口总’，亦曰‘罗汉衣’。天寒气肃时，出户披之，可御风，静坐亦可披以御寒。《世说》：‘王恭披鹤氅行雪中。’今制盖本此，故又名‘氅衣’。”由此可知，传统服饰中有一种秋冬户外专用服装，室内静坐时也可以披之御寒，名叫鹤氅、氅衣、一口总、罗汉衣。这种外衣的基本形态如一幅被面，为长方形，从中对折，形成一样长度的前襟与后襟，前襟在正中开一道竖缝，一直延伸到对折之处，在此做出领口。人们穿上它时，宛如把一幅被面从当中披在身前后，形成一件兜兜荡荡的宽松长罩。所以，可以说，这种罩衣更接近一件披肩，不过特别长大，一般底缘会下垂到将近脚面的程度，甚至拖落在地面。它属于常服，不在礼服之列，只适合日常穿着，可做成皮、夹、棉等不同形式。

奇妙的是，传统上，鹤氅的前襟与后襟之间的底缘并不缝合，就令其随意敞开着。《酌中志》便特意指出，到了明代中期，出现了将鹤氅两翼缝为衣袖的做法，但传统的样式却是不缝两翼的。实际上，《养生经》显示，有如被面对折的鹤氅在底缘不加缝合，直到清代，仍是广为人们熟悉与习惯的处理方案。

鹤氅虽然形式简单，但实用性强，穿脱都很方便，并且两翼飘飘，颇有神仙凌风之态，潇洒俊逸。《晋书·谢万传》提及谢万曾“著白纶巾、鹤氅裘”，似乎其在晋代就已经是一种便衣性质的华服，穿上它，让人显得既高贵又脱俗。到了明代，宫廷及富贵阶级空前地热衷于鹤氅，《金瓶梅词话》只提到一次斗篷，一旦涉及

御寒外衣，便夸耀各色奢侈织物制作的鹤氅，典型如第六十九回，西门庆与林太太首次见面，西门庆“身穿紫羊绒鹤氅”，林太太则是“头上戴着金丝翠叶冠儿，身穿白绫宽袖袄儿、沉香色遍地金妆花缎子鹤氅、大红宫锦宽襕裙子”。这种巨型长方披肩还进入道教的服装体系，成为道士在公众面前做法事时必穿的最外一层“法衣”，《金瓶梅词话》中就一再提到道士们的“天青二十八宿大袖鹤氅”“大红五彩云霞二十鹤鹤氅”等。

入清以后，斗篷逐渐占据了御寒外套当中的主要地位。《红楼梦》中，曹雪芹让其他女孩都穿斗篷，唯有黛玉、宝钗穿了鹤氅，可见他对笔下这两位女主人公的偏爱。其中，黛玉的形象尤为鲜明夺目，“罩了一件大红羽纱白狐皮里的鹤氅，束一条青金闪绿双环四合如意绦”，翻译一下就是说，她披着一条超大号红色长方披巾，面料是以羊毛与丝合织而成的西洋进口织物，内衬为白狐皮，这披巾长度近乎垂地，单单用一条金、蓝、绿三色线编成的长绦拦腰松松一系，而绦子在身前以一对玉环作为固定卡扣，由绦子穿过双环后打成花结来束住。如此的潇洒随意作风，不就是波希米亚风格吗？感觉林黛玉就是在巴黎塞纳河畔或者佛罗伦萨乌菲齐宫前徜徉的当代女大学生啊！

[左图] 黄缎平金彩绣鹤氅正面与背面 首都博物馆藏

明　陈洪绶　《女仙图》　故宫博物院藏

正因为一件几乎拖到地面的鹤氅掩盖了黛玉的全身，所以她身上能看到的其他细节便只有雪帽、绦子和红色羊皮小靴了。但这是多么耀眼的一套装束！与之相反，宝钗则是一贯的“低调奢华有内涵”路数，穿了一件“莲青斗纹锦上添花洋线番羓丝的鹤氅”。揣摩曹公的设计，蘅芜君的这件“雪褂子”虽然色彩比较谨慎，为淡紫色，却是采用更为少见的进口面料，乃是不知哪个国家出产的羊毛与棉合织成的花呢，具有彩锦一样的效果，在紫底上显有绚丽织纹。其他人的羽纱或者猩猩毡虽然也是进口面料，但都是单色织物，不带图案。唯独宝钗用上了类似织锦的洋呢，这个细节真是如此符合小说中对于薛宝钗的设定，似乎不张扬，但在品质的精细以及由此而达到的极致奢华上，总显出他人无法与之竞争的豪气与霸气。

宝钗的项圈

《红楼梦》中，与“木石前盟”相对的是“金玉良缘”，象征着俗世的安排。宝玉是神奇地含了块玉出生，而宝钗则总是戴着一只后天打造的金锁。

据宝钗自述，在她小时候，有个“癞头和尚……给了两句吉利话儿……他说必须錾在金器上……叫天天带着”，于是父母特意定制了一只金锁，把那吉利话錾刻在上面。这只金锁带有长命锁的意义，于是，在作者的思路里，就按照当时俗常做法，挂在一只金项圈上，与宝玉、官哥儿的寄名锁形式相同。不过，奇怪的是，传统绘画中表现项圈，几乎都是一个夸张大圆环硬撅撅地扣在人的肩头。然而，《红楼梦》中明确写道，宝钗“一面说，一面解排扣，从里面大红袄上，将那珠宝晶莹、黄金灿烂的璎珞掏将出来。宝玉忙托了锁，看时，果然一面有四个篆字，两面八个，共成两句吉谶”。也就是说，宝钗平时都是将金锁掩于外衣之内，其他人轻易看不到。在本回当中，挂有金锁的项圈便是藏在“蜜合色棉袄，玫瑰紫二色金银鼠比肩褂儿”两层冬季外衣之下。因此，她所带的项圈肯定不会如绘画中那样，制成一个与人体完全不相贴合的大圆环，斜撑在肩头。假如似画中的表现，这等大环怎可能服帖地藏于外衣的下面？宝钗哪还能有个正常的形象？

郭若愚先生早于1979年发表的《〈红楼梦〉与文物考古：什物工艺编》一文已提出，《清稗类钞》里所记录的一款出于和珅家的“项圈锁”堪为理解《红楼梦》相关细节的关键。这条资料其实是出于包世臣的《司盟项锁赋序》，清人李岳瑞所著《悔逸斋笔乘》对于其赋其序予以了全文载录。李著中“和珅婢妾服御之侈”一条先介绍道：“安吴集中，有《司盟项锁赋》一首，为和珅作也。”然后便直录包世臣之序文——

扬州玉肆，有圈锁一具，圈式作海棠四瓣，当项一瓣，弯长七寸，瓣梢各镶猫晴宝石一颗，掩钩搭可脱卸；当胸一瓣，弯长六寸，瓣梢各镶红宝石一颗，掩机钮可叠。左右两瓣，各长五寸，皆凿金为榆梅，俯仰以衔东珠。两花蒂相接之处，间以鼓钉金环。东珠凡三十六颗，每颗重七分，各为一节，一节可转为四（《清稗类钞》此处为“节节可转”）。玉环者九，环上属圈，下属锁。锁横径四寸，式以海棠，翡地周翠，刻翠为水藻，刻翡为捧洗美人妆。其背镌“乾隆戊申造，赏第三妾院侍姬第四司盥”十六字。锁下垂东珠九銮，各九珠，蓝宝石为坠脚，长约当脐。估客云：“某寺尼所寄售也。”尼少侍贵人爱姬入都，锁所镌，即姬小像。

这件制于乾隆年间的宝饰分为项圈与挂锁两部分。从结构来看，金项圈分为四节，即颈后一节、当胸一节、左右各一节。颈后一节的两端装有挂钩，可以与左右两节的上端相钩合，也可以随时脱钩。当胸一节的两端与左右两节的下端则是凭特殊的转钮相连，带项圈时，利用转钮，可以先把左右两节打开，形成足够的宽度，然后再恢复成圆弧形，并与颈后一节挂接。摘项圈时步骤则与之相反。

从装饰的角度来看，颈后一节的两端各镶饰一颗猫睛石，当胸一节的两端则各镶饰一颗红宝石。左右两节十分复杂细致，分为十八个小单元，每一单元为两朵金质带叶梅花相对开放，中间衔一颗大珍珠。单元之间通过带有鼓钉纹的金环相接，所有这些细部皆以活轴彼此嵌衔，于是珠、花、环都能独立转动（或者理解为每一组衔珠梅花在手指拨动下可以转动）。

另外，当胸一节上套有九个玉环，这些玉环下垂吊着一枚翡翠锁，海棠形的锁面材质珍异，周边为翠绿色，中心为紫色或粉红色，正面刻有一位捧着水洗的美人形象。锁下还垂有九串东珠，每串珠络的末端都用蓝宝石做坠脚，长度大约直达肚脐部位。

包世臣所见的“项锁”实物固然华丽之极，不过，我们不难观察到，其项圈部分与清代“领约”十分相近。在清代朝廷正式规定的仪服制度中，领约为后妃贵妇朝服的配套饰物之一。所谓领约其实就是项圈，但是拥有固定的、颇具特色的形式，环体是由三节组成，正中一节与左右两节之间各以活轴或球形转钮相连，可以打开，方便于佩挂或摘脱，也可以扣合成项圈应有的圆弧形。至于左右两节，则在颈后部位留出一个活口。《司盟项锁赋序》的记述显示，清时，采用类似结构的颈饰物不仅限于正式的礼服系统，在日常生活中，女性一样会佩戴形式相近的项圈，并且私自佩戴的项圈甚至会比用于重大仪式的领约在材料上更奢侈，风貌上也更华丽。

这一消息让我们将注意的眼光落到佚名宫廷画家所作的《雍正行乐图》上。此画中共有四位美人，两位着满装的旗袍，另外两位着汉装，其中一位满装女子在颈上带有一只项圈，明显与今日所见“领约”实物非常接近。另一位梳旗头却穿汉装的女子在对襟长衫的领部罩有小巧的云肩，云肩上也佩一只项圈，同样的，与领约形制相同。然而，在此处，“领约式”项圈并非与朝服相配套，而是装点在日常衣装之上。若是没有《司盟项锁赋序》作为提示，我们或许会对这幅作品中的如此表现不以为意。但是，包世臣所见“捧洗美人”翠锁项圈表明，至少在清代前期

清 佚名
《雍正行乐图》细部之一
故宫博物院藏

清 金点翠锁
南京博物院藏
（摄影：动脉影）

与中期，项圈曾是女性日常佩戴的饰物之一，并且在样式上恰与领约相近，那么，我们就该考虑到，《雍正行乐图》中两位女性的颈上项圈乃是现实情况的写照。

内蒙古博物馆藏有一件“双龙戏珠纹鎏金银项圈”，形制与清代领约相同，只是一对转轴不如清物精巧。此件银项圈出于内蒙古奈曼旗苇莲苏元代窖藏，因此是元时之物，由此则可知，这种形式的项圈有着颇为长远的历史。很醒目的是，项圈的圈环上呈现二龙相对的浮雕纹样，两只龙头之间为环体的正中点，却留出孔洞。很明显，这一孔洞是为衔挂坠饰而设。值得注意的是，《金瓶梅词话》中写到官哥儿的“银脖项符牌儿”时，也称为“一付银项圈条脱，刻着‘金玉满堂，长命富贵’”。条脱本是指一种能够自我调节的手镯，用在这里，应该是指银项圈形式灵活，开合便捷。因此，官哥儿的挂有寄名锁的项圈很可能也是采用“双龙戏珠纹鎏金银项圈”的形制。这样说来，至晚从元代起，经明朝，带有双转轴、可灵活开合的项圈在日常生活中一直存在。实际上，直到清末、民国，民间所制的传统儿童长命锁的配套项圈始终采用这一双转轴的形式。

在清朝，如此双转轴、可开合的项圈被引入国家制度，成为后妃贵妇朝服的设定配件。然而，《雍正行乐图》与《司盥项锁赋序》共同显示，在清朝前期、中期，这种项圈也作为普通饰品的一

清 金镶玉领约
辽宁省博物馆藏
（摄影：动脉影）

清 崇庆皇太后八旬画像
故宫博物院藏
（摄影：动脉影）

种，于日常生活中装点女性的身影，并且既可用于满装，也可用于汉装，在样式上则分为两类，一类衔配挂坠，一类则如“领约”，仅以环圈为饰。

与之呼应的是，《红楼梦》中，恰恰王熙凤也是日常佩戴项圈的一位，且拥有若干异常华贵的项圈制品。

凤姐于第三回第一次出场，便“项上戴着赤金盘螭璎珞圈”。以“双龙戏珠纹鎏金银项圈”为参考，不难想象，“赤金盘螭”乃是在金质圈环上凸现一对相向盘舞的浮雕螭虎饰纹。另外，首都博物馆藏有一件“累丝嵌玉双龙戏珠金项圈”， 在球形转钮的两边各作出龙形，构成二龙戏珠的纹样，把项圈上出于实用而设的机关转为纹饰中的双龙所捧之珠，可谓构思巧妙。根据它，我们也可以想象凤姐之“盘螭璎珞圈”以及宝玉“项上金螭璎珞”的精美。

其实《红楼梦》中有一处很微妙的细节设计，凤姐每次哭穷时居然会上演一个常设戏目：当项圈——

第六十九回，贾琏为尤二姐的丧事向凤姐要银子，凤姐便道是：“家里近来艰难，你还不知道？……昨儿我把两个金项圈当了三百银子，你还做梦呢。这里还有二三十两银子，你要就拿去。”

第七十二回，夏太监府来人打抽风，凤姐“因叫旺儿媳妇来，‘出去不管那里先支二百两银子来。’旺儿媳妇会意，因笑道：‘我才因别处支不动，才来和奶奶支的。’凤姐道：‘你们只会里头来要钱。叫你们外头算去，就不能了。’说着，叫平儿，‘把我那两个金项圈拿出去，暂且押四百两银子。’平儿答应了，去半日，果然拿了一个锦盒子来，里面两个锦袱包着。打开时，一个金累丝攒珠的项圈，那珠子都有莲子大小；一个点翠嵌宝石的，两个都与宫中之物不离上下。一时拿去，果然拿了四百两银子来。凤姐命与小太监打叠起一半来，那一半命人与了旺儿媳妇，命他拿去办八月中秋节。”

第七十四回，邢夫人以“做八月十五日节间的使用”为借口向贾琏强要二百两银子，凤姐“因叫平儿：‘把我的金项圈拿来，且去暂押二百银子来，送去完事。’贾琏道：‘索性多押二百，咱们也要使呢。’凤姐道：‘很不必。我没去处使钱。这一去还不知指着那一项赎呢。’平儿拿去，吩咐一个人，唤了旺儿媳妇来领去，不一时拿了银子来。贾琏亲自送去，不在话下。”很明显，此次“押金项圈”距上一次之间并没有多少日子！随着情节一路至此，读者自会明白，这事儿不过是凤姐、平儿与旺儿媳妇串通好的一场戏。哭穷的同时却还要尽情炫耀富贵，凤姐的性格就是这样华丽，这样既讨厌又让人不自禁地喜欢——俗气，逞强，无耻以及狡诈，尤其是，虚伪。

凤姐反复假意抵押的两个“金项圈”，“一个金累丝攒珠的项圈，那珠子都有莲子大小，一个点翠嵌宝石的”，将之与《司盥项锁赋序》相参照，大致可以想象清代盛期贵族所佩项圈的华贵。由此而更进一步，第二十八回，凤姐命宝玉为她记私账，“大红妆缎四十匹……金项圈四个”，我们也就会明白这简单的“金项圈”一称其实意味着何等的珠装宝嵌。

同理，凭借《司盥项锁赋序》的描述，宝钗“那珠宝晶莹、黄金灿烂的璎珞”便显得具体起来。《红楼梦》中总是把“项圈”与“璎珞”混用，大约正因为彼时的项圈满布珠宝，如璎珞一般璀璨吧。《雍正行乐图》中，汉装美人所带项圈极为小巧，仅比领圈略大，尚不及云肩的下沿。从实用角度来看，这种项圈是金银做成的圆环，尺寸不能过大，否则会显得俗蠢，然而又需摘带方便，因此灵巧的开合机关便属必需的配置了。环分三节或四节，其间以球形转球及搭钩相连，堪称传统设计的成功经验之一。

想来，只有如此形制的小巧项圈，宝钗才能将其掩于外衣之下。因此，关于宝钗的项圈，需要依照《雍正行乐图》中的表现去理解、去想象。

昭君套

《红楼梦》中的各种描写都带有迷人的特质，包括美食、服饰这样的细节。小说中每每提到人物的穿扮，但或虚或实，需要读者根据文献资料的参考，自行加以分辨。

曹公笔下，一些穿扮属于建立在现实基础上的艺术化处理，典型如宝玉外出时“头上戴着束发嵌宝冠”，便是采用了前朝——明代的王侯服制，但说这宝冠上还树立着“一颗核桃大的绛绒簪缨”——一只红绒球，就正如邓云乡先生所言，是搬入了戏曲服装的因素了。但是，也有完全依照当时现实表现的情况，其中尤以凤姐最为突出，小说中，她的首饰、服装，均呈现了明末清初江南地区富贵女性的典型时尚。

也因此，小说中凤姐形象的每一个细节都值得留意。例如刘姥姥一入荣国府时，她眼中见到的王熙凤，头上“家常戴着紫貂昭君套”。昭君套的名称听来很有趣，其实，在明清时代，这是一种非常流行的帽饰，有地位女性冬季在室内时，普遍习惯戴着它护头御寒。传统女性本来就体质弱，寒冬时节，靠炭盆、火炕取暖，一室之内的温度往往并不均衡，所以，即使在家居状态，也要用皮帽罩在头部免受寒侵。不过，她们或者梳有造型奇巧的高髻，或者在发髻上罩有金、银等材质的宝冠，并且无论高髻还是宝冠上都插满簪、钗等贵重首饰以及真花或绫绢假花，为了不破坏这一派精心设计与打造的华丽风光，昭君套便被发明出来。它是一个由皮毛制成的环形帽套，缝制得与女主人的额头大小正相合适，将其套在额头，这样，环绕着头部便有一圈皮毛保护，但发髻、宝冠则从皮环的当中耸立出来，不会遭受压损，精致的造型也就不会受到影响，同时，各样珠宝、花饰也显露在帽套之上，炫耀着昭君套主人的尊贵与俏丽。

大约因为一圈茸茸皮毛横卧在女性头部，有点像个可爱小兔伏卧的形象，所以在明代，这种特型护头无顶帽还有个更可爱的名称“卧兔”。《金瓶梅》中便把昭君套一律叫作“卧兔儿”，如西门庆的正室吴月娘头戴金梁冠、海獭卧兔，侧室孟玉楼与潘金莲戴着银丝编的假髻、海獭卧兔，妓女郑爱月则是梳了个发髻，插满金钗、金梳与翠梅花钿，同样套了个海獭卧兔儿。

有意思的是，在往昔生活中，类似昭君套的皮帽圈，并非仅限于女性，男性也会用到。原因在于，清代以前，男性也一样梳髻，在公开场合，则需戴各式冠、巾（其实也是绢罗制的软冠）、帽，将发髻罩在其内。依照传统观点，男子如果当众把发髻露出来，属于非常不自尊的行为，对他人也是极其不敬，所以，一年四季，都要戴着冠帽。待到冬天，便也喜欢把个皮头套罩在冠帽之外，由此，既达到保暖的目的，同时不至于头顶上的分量过重。

据《酌中志》记载，明代皇帝以及重臣在冬天会罩戴“披肩”，这种披肩与我们今天所说的披肩完全是两回事，它是一个高六七寸的皮圆圈，但在两侧对应耳朵的位置各缝缀一条皮毛的长片。裁制时，要注意让皮圈的宽径与具体使用者的官帽——冠、乌纱帽等——的大小正相吻合，并在脑后部位缝缀一对套环。这样，皇帝也好，官员也好，还有权高位重的大太监，在冬日，先戴好冠、巾或者乌纱帽，然后将皮圆圈直接套在冠帽的外侧，再把一对套环套到冠帽在脑后部位竖起的饰件“山子”之上，由此将其挂住。这样，皮圈护罩脑部，两侧的长片则将耳朵掩住，但帽冠的主题造型仍然得以呈现。尤其是在戴乌纱帽的时候，一对横向展开的帽翅丝毫不受拘束，照常神气地凌翘在半空。因为这种帽套在两侧有一对护耳的皮毛长条披垂到肩头，所以叫作“披肩”。

此外，还有级别更低一级的“暖耳”，其实与披肩形制完全相同，只是皮帽圈的宽度要小得多，仅有二寸高。《金瓶梅》的主人公西门庆便因官阶不够高，冬天不能戴披肩，只能戴暖耳，小说中便一再写及他在寒冬的帽饰是头戴忠靖冠或忠靖巾，配以

清 改琦
《彩绘红楼梦图咏》
之“凤姐”

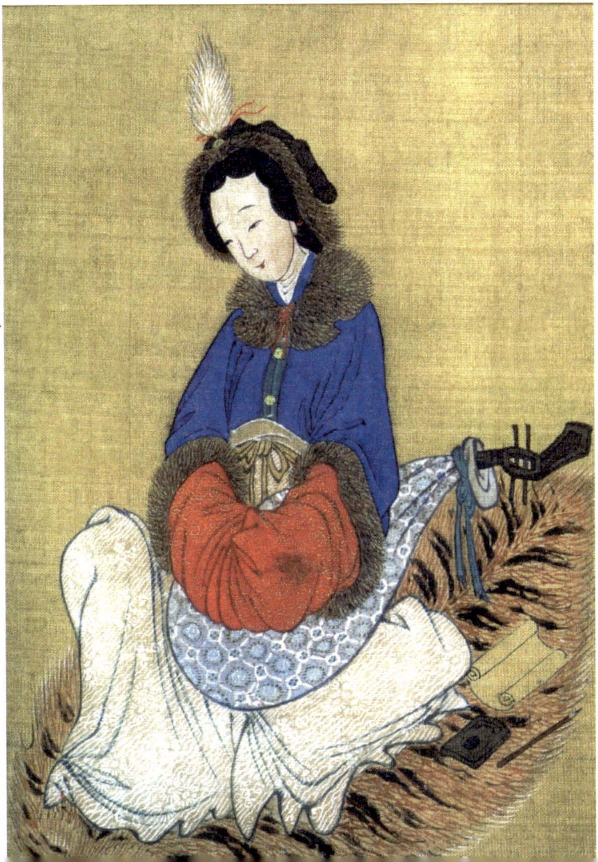

明 佚名《千秋绝艳》
图卷之“王昭君”
中国国家博物馆藏

貂鼠暖耳。

不过，到了清代，男子改为剃去前额的头发，然后将脑后的长发编成长辫子，垂在身后。既然不梳髻，不戴明式冠巾与乌纱帽，明式披肩与暖耳也就失去了意义，不再流行。到了冬天，皇帝与官员们戴清式暖帽，庶民则直接戴皮帽。但是，汉族女性仍然梳高髻或戴假髻，所以，在清代，她们依旧保留着冬季戴卧兔的习惯，只是将这种皮帽套改呼为“貂覆额”或“昭君套”。

为什么称为“昭君套”呢？大概是因为当年王昭君去匈奴和亲，塞外乃苦寒之地，一到冬季必然得穿皮衣、戴皮帽，以抵御冰雪冷风的侵袭，所以人们就把女性御冬的专用皮帽套归在她的名下了。有趣的是，中国国家博物馆现藏有一卷明代佚名画家所绘的《千秋绝艳》图卷，按照明人的想象描绘历代著名美女，其中，王昭君就是用乌纱将发髻包裹住，然后再套一顶卧兔。至于历史上真正的王昭君本人是否曾经戴过卧兔，则目前还没有线索可供考察。

杜十娘的便携保险箱

《杜十娘怒沉百宝箱》是流传甚广的情伤故事。不过，今天的读者或许不会注意，在小说压轴情节中起关键作用的“百宝箱”，其实就是明代非常流行的“便携式保险箱”。也就是说，虽然故事可能属于虚构，但出现在其中的重要道具的确具有写实性，是明人很熟悉的一种日常用具。

这篇小说中很具体地写道，所谓的“百宝箱”其实是一只“描金文具”，“封锁甚固”。最终，杜十娘“取钥开锁，内皆抽替小箱”，随后“抽第一层”“再抽一箱”“又抽一箱”“最后又抽一箱”，显示该只“文具”内的抽屉共有四层。

文具，也叫“文具匣”，正是明代盛行起来的一种设计周全的小型储物匣。概括来说，这是一种“抽屉匣”，即，在一个完整的匣箱上分列三至多层抽屉。不过，匣体之上还会加设一层活盖，此盖在匣背一侧凭合页与匣体相连，前方正中则装设金属面叶。同时，正面配有一张插板，匣体的前缘为之设有插槽，一旦把插板沿插槽自上向下插到底，便可将抽屉悉数遮住，这就有效地阻止抽屉在搬动中滑脱而出。插板上端正中也装有金属面叶，把活盖扣合之后，盖前面叶上的吊牌套入插板面叶上的锁管，然后把挂锁插入锁管之内加以锁合，这时，整个匣体便被闭拢的活盖与插板牢固地密封住，外人休想轻易染指匣内的收藏物。

文具匣一般都在顶面或两侧装有提手，所以很方便提携、搬移。只有掌握挂锁钥匙的匣主人可以亲手开闭这个小匣，因此，它实为明清时代的“小型私人保险箱”。这种小保险箱满足了人们收藏重要物品的要求，在实际生活中应用得极为普及，稍有身份的人都会备上一只，用以保存珠宝等贵重物品以及印章、重要文件之类。阐述士大夫生活方式的专著《长物志》中，就将文具匣列为书房应备的陈设之一，以之贮存文玩小品。

到了清代，文具匣逐渐改称为“官皮箱”。 人们甚至赋予其一个颇诗意的叫法——七星箱，把匣上排列的大小不等若干只抽屉比喻为交映的群星。清初的知名生活设计家李渔就由朋友赠送了一只七星箱，结果他立刻巧动心思，将之进行了改进。

按照李渔的想法，可以在匣体后面正中凿出一个孔洞，然后将一根铜条作为暗栓，从洞中插入，穿过整个箱体，一直抵达正面的

[左图]明 剔红蟠松寿字文具匣 故宫博物院藏

插盖。插盖上的相应位置则制出一个凹槽，让铜栓条的顶端插入，以这种方法将插盖固定。铜条的另一个末端突出在匣的背面，正可就便加设锁具，这样，原来只能挂在匣前的明锁便改置于匣的背壁，转成轻易不能看到的暗锁，这让匣正面的形象浑然完整，陈列在几案上，显得更为美观。

对于匣内的宽抽屉，李渔也设计了一种方法，为其单设保险小锁，其思路也颇有意思。据李渔的经验，宽抽屉在抽拉时容易歪斜，手感很差。于是，他让工匠在这种宽抽屉当中也添设一根铜栓条，栓条的末端固定在匣体后壁上，前端则从抽屉正中破壁冒出，且端头制成环形。铜栓条的两边都加设一道薄木片，将栓条夹在当中，既将屉内分为两格，也形成由栓条控制方向的滑轨。这样，抽屉一经拉动，只能顺着栓条笔直向外移动，再无左右进出不匀之虞。同时，在抽屉正面的外壁上，于铜栓冒头之处的左右各置一个小铜环，于是，当抽屉归位的时候，把小锁套入铜栓端头鼻环及并列左右的两环，就可以将抽屉锁住。

一旦理解了古代文具匣的具体形制，杜十娘的故事也就变得更为生动明白，也就更加惹人唏嘘。其实，小说中的这个情节恰恰展示了文具匣是多么符合实用功能，可叹的是，杜十娘并没有能凭之摆脱不幸的命运。这位美女要改变命运的意志十分坚决，且心思缜密，事事筹划在先。例如她料到鸨母会翻脸，会吞没她住所的一切财物，所以提前把锁满珍宝的描金文具寄存到干姐妹那里。更不用提，她居然能攒下一笔价值可观的珍宝，这一成绩本身就彰显了她的能力不凡：

杜十娘的那只百宝箱，第一层抽屉里盛满了“翠羽明珰，瑶簪宝珥”，即各种贵重的女用首饰，这些首饰或镶嵌珍珠宝石，或由美玉雕琢而成，不同工艺、不同材质，价值大约几百两银子；第二层抽屉为“玉箫金管”，也就是金或玉等制作的当代工艺品，包括乐器；第三层抽屉内贮“古玉紫金玩器”，即各种有年头、有说头的古董文玩，这两项加起来相当于几千两银子；第三层抽屉里存着一只独立的小匣子，小匣子里是祖母绿、猫儿眼等进口宝石，还有成把的大珍珠，都是尚未经过加工的原石、原珠，很难具体估价，总之非常珍贵。

小说极尽夸张，通过这样一笔“浓缩精华”的私人财产，表现杜十娘心思细密，规划清楚，天生有经济头脑，换在今天，也许能成为一个优秀的企业家。

然而，偏偏在最重要的一个因素上，她犯了致命错误——选择了一个顶没用的男人。用今天的话说，李甲就是个奶嘴男。拿着老爹的钱，他可以对杜十娘百依百从，温柔体贴。一旦没了经济来源，他就成了废物，稍遇挫折，自私、懦弱、轻浮的本性便全部显现了出来。

当李甲连为杜十娘赎身的三百两银子都筹集不到的时候，按说，杜十娘应该看出他是个没用的废柴。但是，杜十娘的反应竟是偷偷送去自己平时积攒的一百五十两碎银子，帮李甲凑这笔钱！这一笔散银是她用滴滴血泪换回，何其不易，最终却铺平了通向毁灭的道路。

明明自身条件不错，甚至才能出众，偏偏会在情感上犯错误，莫名其妙地爱上完全不值得爱的人，还一味痴情，非要向“废柴”托付终身，一条道走到黑，结果人生一塌糊涂，这似乎是女性容易犯的错误。杜十娘没有能凭“百宝箱”换来幸福，五百年前，古人已经通过这个故事讲清楚了其中的道理。

清 文竹绳纹提梁文具箱 故宫博物院藏

起居

花光芳脆

又是一年的牡丹盛时，南宋皇苑中的钟美堂随之变身为一座灿烂的花殿，梁间、柱身、窗畔挂满青竹做的壁瓶，满插成簇的新卉，殿上、庭中更是层层台架，排列着瓶插或盆栽的珍品名种。当宫人们忙着将春光洋溢的波斯玻璃瓶、金瓶以及官窑瓷盆安置在殿堂内外之时，御厨中却是另一种忙碌。最为精细的厨人仔细摘选娇红、粉艳、嫩黄、浓紫的花瓣，将它们洗净、晾干，裹上薄薄一层甘草水调的面糊，然后入素油炸脆。

柔软的牡丹花瓣经油炸的锻炼反而获得了轻俏的坚挺，铺在玉碟中，比在枝头时甚至更显烂漫。再撒上一层糖粉，这些香酥焦脆的花片便被送往天子与后妃们的盛宴。如此的讲述可不是在编小说，而是在追忆八九百年前的赏春乐事。

传说中，南宋高宗的皇后——吴皇后就是牡丹入馔的倡导者。每到春天，这位皇后都会谕令御厨从皇苑中采摘新开的牡丹，或者把花瓣拌在凉菜当中，或者油炸成酥脆小吃。须知，她之所以如

宋 牡丹册页 故宫博物院藏（摄影：动脉影）

此，其根基乃是出于信仰。尽管拥有“母仪四世”之尊，但吴皇后因为信佛，所以反对杀生，故而饮食中尽量避免荤腥，不贪口腹之欲。然而正是这种坚持让她得以注重另一种近乎禅意的享受，冬天品尝寒梅，春天咀嚼牡丹。

对于宗教的虔诚竟能成为一种动因，激发审美力闪烁华彩，这种事似乎唯有在宋人那里才能发生。由于佛教反对杀生，长期坚持吃素便在宋代的信众当中成为普遍的风气。不过，于漫长生活岁月中逐渐积累而成的精致感受力，让人们能够给素食也打开想象的空间。把鲜花做成精致的点心、小菜甚至粥汤，任春色滋润舌尖，便是这种灵感的风华。“油炸牡丹花瓣”在宋代朝野广泛流行，风气之盛甚至影响到了同样信奉佛教的金国。在那个时代，女真族栖息的草原上有一种白色的野生牡丹花星星遍布，逢到需要做素斋待客的时节，女真族的女性们就到草野当中去采下满把的牡丹花，兜在袍襟里，带回穹帐之中。然后，在穹帐前支起油锅，用油把裹上面糊的花瓣炸酥，在盘中堆起一座花瓣的小山。

按通常的观念，宗教只与善有关，却不必然与美发生勾连。然而，宋人所发明的油炸牡丹花瓣，却是一个真实的例子，证明对善的向往如果有精雅文化品位的引导，确实可以走上美的道路。“油炸花片”的风气既开，从此一路活泼泼地发展，到了明清时代，炸栀子花、炸芍药、炸玉兰、炸玉簪花、炸荷花也列在了素馔的名单上。然而也许更该惊奇的是，宋人还将木香花的嫩叶、菊花的嫩苗也制成清

清 恽寿平 《山水花卉图册》之“牡丹” 故宫博物院藏（摄影：动脉影）

爽可口的油炸小吃。及至明清时期，又扩及嫩菊叶、茉莉花的嫩叶、花椒树的嫩叶、枸杞芽、新茶叶、嫩藿香叶，甚至盛开莲花中的莲须也被一一摘择，形成特色独具的素食小吃“炸莲须”。不过最该一提的是，在清代僧人手中，由藿香嫩叶竟生成一味颇为奇妙的小吃“红香绿玉”，是在炸好的藿香叶上浇以玫瑰酱，再撒以白糖。虽然制法并不复杂，但挟一筷入口，清香无比。酱绯叶碧的相映则让清人想到借用《红楼梦》中的典故，贴切地名之为“红香绿玉”。

不难看出，最常用以炸制成美味的鲜花，恰恰都是历史上广受喜爱的观赏花朵，在传统园林里种植得最为普遍。对于古人，巧制花之馔，并不需要什么千金难求的珍贵食材，而是来自身边的寻常事物——就种植、生长、开放在自家的花园或者庭院里。明代著名文人王世贞于《弇山园记》一文中记述他私家花园的风貌，书房“弇山堂”前便是“左右各植玉兰五株，花时交映如雪山琼岛，采而入煎”——直接从书房前的花树上摘下新瓣，送到厨房中随即炸制，成品乃是“芳脆激齿”。

实际上，菊、莲、茉莉、木香花、花椒树、藿香等均为传统庭院中的常备。古人想要品尝春天的滋味，只需走下台阶，哪怕台阶下只是一座小小的普通民居院落。一旦传统生活方式消失，与之相连的花馔美食似乎也就于悄然中随风而逝。而这，究竟是否属于不可避免的丧失？

宋惠莲的烧猪头

《金瓶梅》中，宋惠莲做了一次“烧猪头”，小说描写得十分馋人，以致总有朋友问我，她这道美味究竟是怎么做成的？

实际上，当时同一只猪头一起买回来的，还有四只猪蹄，所以宋惠莲是连猪头带猪蹄一起烧熟。至于具体做法，小说讲述颇为简略：

> 起到大厨灶里，舀了一锅水，把那猪首、蹄子剃刷干净，只用的一根长柴安在灶内，用一大碗油酱并茴香大料，拌着停当，上下锡古子扣定。那消一个时辰，把个猪头烧的皮脱肉化，香喷喷五味俱全。

可知其大致程序为：猪头、猪蹄拌上咸香作料，放到特制的密封容器“锡古（盬）子”里，再将锡古子安置在灶上的汤锅内，灶内烧一根大粗木柴。

也就是说，所谓的“烧猪头”，其实是隔水干蒸，最大的特

汉 庖厨女俑
重庆中国三峡博物馆藏
（摄影：动脉影）

点是猪头与猪蹄本身都不沾水，这样肉香与作料的香味就不会融化在汤里。另外还有一个比较北方化的特色，主要的作料不是酱油，而是黄豆酱。清代盛期出现的食谱《调鼎集》里，有一道“锅烧猪头”，看起来与宋惠莲的做法大致相仿：

把猪头洗净后在滚水里焯一下捞起。再以一斤甜面酱与大料、茴香、花椒、细葱一起拌匀，用这酱料将猪头里外匀抹一遍。然后，在铁锅下部横撑数根铁条，形成一个铁架，把猪头放置在这个铁架上。接着向剩余的酱料倒下两茶盅量的水，调成酱汁，将此酱汁倾倒在铁架下的锅底，但不要漫及猪头。最后一环便是用大盆盖住锅，以豆腐渣泥密封接口，小火烧半天。

把猪头、猪蹄架空，隔水慢蒸，在传统烹饪中其实是颇为普遍的做法。清人袁枚《随园食单》里，作猪头的方法之一便是“加作料，闷入桶中，用文火隔汤蒸之”，为此，人们甚至设计了专门的容器：做一个木桶，桶内安设一个铜屉板，猪头置于屉板之上，这样，密封蒸制过程中，猪头溢出的油腻会从屉板的格眼里留下，肉脂也就更为清爽鲜香。

不过，美食高手们往往采用更简单的办法，在锅底上架设木棒、铁棍、瓦片、竹架等，将猪头置于其上。最有意思的是《调鼎集》中的“蒸猪头”法，要先把一些瓦片磨光，再浸在肉汁中煮过。上火前，把这些瓦片紧凑而有序地平铺在锅底，其上则支

汉 庖厨俑 绵阳市博物馆藏（摄影：动脉影）

个竹架，猪头置于竹架之上，以这样的方法，防止猪头接触到金属锅的铁或锡底。如此细心的安排，大概是为了避免肉皮沾染金属味道吧。

《调鼎集》中的这一道蒸猪头，恰恰是“一根柴缓烧”，用一根粗木柴慢火加热，与宋惠莲的妙技一致。因此，如果谁有兴趣的话，确实可以依照此本清代食谱中的“锅烧猪头”与“蒸猪头”法，大致复制一下为潘金莲、孟玉楼等人赞不绝口的宋惠莲烧猪头。

朝姝与琉璃屏风

在谈论中国传统玻璃的时候，古代文献中关于“琉璃屏风”的逸文也应该包括进去。琉璃屏风的形象，最早出现在东晋及南北朝作家们的小说里，其中最有代表性也最具诗意的一则相关故事见于《拾遗记》。今天的读者可能大多想不到，这则故事反映了某种历史真相，有着现实生活的基础。

中国历史上，曾长期把玻璃称为“琉璃”，所以，所谓琉璃屏风，其实就是镶嵌玻璃屏面的屏障。传为东晋人王嘉作品集的《拾遗记》如此讲述道：

> 孙亮作绿琉璃屏风，甚薄而莹澈，每于月下清夜舒之。常与爱姬四人，皆振古绝色：一名朝姝，二名丽居，三名洛珍，四名洁华。使四人坐屏风内，而外望之如无隔，惟香气不通于外。

据故事说，三国时，吴主孙亮命人制作了一架绿色玻璃折叠屏风，经常于夜色明净时张设在月下，四面围合起来，形成一个四方形的半透明空间，然后让他最喜欢的四位宠姬坐在屏风当中。旁人可以清楚看到四位美人的形影，却闻不到她们的香气，最好地演绎了“可望而不可即”一词的意境。

实际上，在东晋及南北朝作家们的小说里，“琉璃屏风”屡次出现，孙亮以屏风围绕宠妃，可算其中最动人的一则。必须注意的是，这一时期的作品一旦提到琉璃屏风（也就是玻璃屏风）往往会强调其透明特性。如《太平御览》引录《汉武旧事》一条，汉武帝所建的神台上，门窗之扉、屏风“悉以白琉璃作之，光冶洞彻也”。又录有《拾遗记》里的一则有趣逸文：汉武帝曾经赐给美男子董偃一架紫琉璃屏风，董偃将其张设在床后，结果，侍者隔着琉璃屏风望到床头的烛光，误以为中间并没有隔挡之物，于是立在屏风的外侧而用力为主人扇凉，当然是费了很大劲儿也不能达到目的。

要理解这些故事，必须关注时代背景，即，传统玻璃制造工艺在晋代与南北朝时期的变化与发展。中国的玻璃制造历史很长，到汉代已达到惊人发达的水平，不过，自先秦至汉，受崇尚玉的观念

[右图]清 吴友如《百美图》之“孙亮四姬”

的影响，玻璃制造的最大目的是仿造玉器，并在“仿玉”这个领域取得了精彩的成就。另外，从汉代起，波斯、罗马等异国生产的透明玻璃器进口到中国，被珍视为奇宝。大约在晋代到北朝期间，异域的玻璃制造技术一波波传入，其中也包括烧制透明或半透明玻璃的珍贵技术。

相传为东晋人葛洪所著的《抱朴子》中就有一条著名的记录：“外国作水精碗，实是合五种灰以作之，今交广多有得其法而作之者。今以此语俗人，殊不肯信，乃云水精本自然之物，玉石之类。”很明确地记载，广东地区的人获得了外国做玻璃器的技法，做出的器物类似水晶，即无色透明玻璃。

《北史·列传·西域》中也有一则重要记载：“大月氏国，都剩盐氏城，在弗敌沙西，去代一万四千五百里。……其王寄多罗勇武，遂兴师越大山，南侵北天竺。自乾陀罗以北五国，尽役属之。太武时，其国人商贩京师，自云能铸石为五色琉璃。于是采矿山中，于京师铸之，既成，光泽乃美于西方来者。乃诏为行殿，容百余人，光色映彻，观者见之，莫不惊骇，以为神明所作。自此，国中琉璃遂贱，人不复珍之。”说北印度有人在太武帝时来到北魏都城，把北印度的玻璃烧制技术带来了，就地烧制玻璃，一下让玻璃变成了平常物品，不再那么珍贵。这种玻璃烧制技术制造的产品有多种色彩，但同样带有透明的特点，太武帝甚至下令制作了一座大

隋 玻璃瓶
陕西历史博物馆藏
（摄影：动脉影）

汉 蓝色琉璃耳珰
青海省文物考古研究所藏
（摄影：动脉影）

帐（行殿），帐帷镶满了彩色玻璃窗。

因此，在《西京杂志》《拾遗记》等作品成书的时代，上层社会普遍把进口或本土制作的透明玻璃制品作为奢侈品来享受。这就激发了作家们的想象，把他们时代的新事物赋予前代生活，甚至赋予遥远的西汉宫廷。

实际上，汉武帝时代、三国时代大概都不会有半透明玻璃屏风，但到了东晋及南北朝时期，这种豪华陈设应该在贵族生活中并不鲜见。当然，那时还无法制作大块的平板玻璃，因此，屏面上只能是满布木框骨架，再于其中嵌上一块块的小片玻璃。彼时的玻璃中，需要更高技术水平的无色透明制品较少，大多是透明或半透明的彩色玻璃，故而屏心上所嵌也都是“紫琉璃”“绿琉璃”等彩色玻璃。

因此，非常有意思的是，东晋南北朝作家笔下的透明屏风一般都带有色彩，在这一细节上，虚构的文学可说是无心地记录了真实的历史。

洛神与金带枕

今天的人有机会在展厅中面对西汉中山王后窦绾的“镶玉鎏金铜枕”之时，往往并未察觉，某种程度上，自己正在复制一个传说，一如据说曾经显现在一千七百年多前的洛河夜色中的甄氏遗魂那样，在凝视着不可追返的昔日韶华的一款遗物，与往事相见，也即是与往事永别。

《洛神赋》是如此的深情动人，以致不管哪个时代的读者都不可避免地要追问潜藏在文章背后的真相，或者说，要追究催动文学家才华爆发的奥秘，结果便是由晋唐人敷陈出了一段情感错结的“本事”。莫辨真假的传说以一只“玉镂金带枕”为线索，说是曹丕将甄氏的这只宝枕展示给曹植，其时，甄氏已因失宠怀怨而被曹丕赐死。两个曾经是政治对手的兄弟，此刻面对着同时爱过的女人的遗物，弟弟当即泪下，兄长也因追悔于自己的无情而黯然。怀着复杂的失落感，曹丕将这只宝枕送给了已然是失败者一方的弟弟，于是，在归向封国的途中，于洛河边停宿的深夜，曹植梦见甄氏前来相诉："我本是钟情于你的，结果却没能遂意。这只枕乃是我当年的陪嫁物，曾经归于你的哥哥，而如今终于枕在你的头下，对我来说，这也就是莫大的慰藉了。"曹植因梦触动，写下了缠绵绮丽的《感甄赋》，后来被魏明帝——也就是曹丕与甄氏的儿子——改名为《洛神赋》。

河北满城西汉中山王墓"镶玉鎏金铜枕"的出土，让今世的读者恍然明白，曹氏兄弟与甄氏的三角恋情传说中所涉及的"玉镂金带枕"，并不仅仅是小说杜撰，在汉代真有这样的实物存在。"镶玉鎏金铜枕"通体以铜质做成长方形枕的框架，并在两端铸成昂翘的兽头，框架上花纹遍布，外表鎏金。多块雕有花纹的玉板镶嵌在铜框内，形成函匣式的玉质枕体。中空的枕匣内填满作为香料的花椒，而玉板上都开有镂孔，供香气外溢。显然，"玉镂金带枕"之"金带"，乃是指此类宝枕之鎏金金属枕框；"玉镂"，则是意谓带有镂空花纹的玉质枕板。从墓中出土的"镶玉鎏金铜枕"固然属于葬器，不过，依据文献可以确知，这一类材质珍贵的硬枕在往昔的贵族生活中确实作为日常寝具使用，而且并不少见，如《宋书》中便记载，南朝宋高祖时，"宁州尝献虎魄（琥珀）枕，光色甚丽"，而《旧唐书》《元史》则提到权贵们使用的瑟瑟枕、碧玉宝枕。宋人笔记中也提到，北宋书法家蔡襄有一件水晶枕，颇为奇异的，枕体内的天然纹影呈现为一枝桃花的生动姿形（《铁围

西汉 河北博物馆 鎏金镶玉枕
（摄影：动脉影）

山丛谈》），此外，彼时还有着内含半开杏花纹的水晶枕（《夷坚志》），与这种文字记录相印证，唐代法门寺地宫中出土有一枚小巧的水晶枕实物，它整体用天然水晶琢成，澄澈透明，本是唐朝天子的御用寝具。

“江南六月暑未阑，一尺花冰试枕看。”古人在夏季为了避暑去热，普遍使用材质清凉的硬枕，一般人所用乃是木雕、瓷烧、石凿、藤编，至于富贵人家走奢侈路线，便琢美玉、割水晶或者拼嵌犀角、白角、宝石成枕。一如“镶玉鎏金铜枕”所展示，这类硬枕往往采用中空的函匣形式，以在其中放置清息去秽的各种香料。实际上，古人异常重视睡枕所散发的气味，道家专籍《云笈七签》中特意介绍了一种“药枕”，是以柏木凿成枕函，顶面制成活盖的形式，并且面上镂出三行小孔以散药气，然后把多达三十二种的中草药放在绢包中，置于木枕函内，其理论依据则是：“夫病之来，皆从阳脉起，今枕药枕，风邪不得侵入矣。”认为内包药料的睡枕能够保护阳脉，从而促进健康。古老的《肘后备急方》中则有云：“作犀角枕，佳，以青木香纳枕中……”将犀角制成枕板，镶在枕框上，形成犀角面的枕函，内里放置青木香，可以“辟魇寐”，亦即避免人睡觉时做噩梦。如果能够在洁净怡人的气息中入睡，自然会精神安稳，睡眠质量提高，这是现代卫生观念经常强调的道理，不过，何以今人反而并不在意香枕的意义？它本是极为古老的传统，长沙马王堆出土的

宋 洛神赋图 辽宁省博物馆藏（摄影：动脉影）

公元前二世纪的西汉绣枕即已填满“佩兰”香草！

我们对于传统形式的睡枕即已疏离，也就只有凭借内里填满花椒的镶玉鎏金铜枕重见天日，才能明白“玉镂金带枕”故事里潜含的逻辑：玉质的枕面润泽着鬓发与脸颊，草木香料的幽芬悄然盈漾，就在如此予人感官以细腻抚慰的枕上，绽放出曹植的那一场缠绵怅惘的绮梦，从而催发了千古名章的出世。就这样，古人用一个传奇为一篇名赋作注，用一个美丽的故事解释了另一个更为美丽的故事。

没有把《洛神赋》改编成舞剧，可以说是当代舞蹈界的一桩憾事。没有戏剧冲突，没有性格对立，没有罗里吧嗦的叙事情节，只有一次水边的邂逅，跨越阴阳两界，交集着怀念与遗忘，激荡着神的激情与人的迷惑，相遇、情挑、缠绵，道破真相之后的恍悟，永别之际的痛绝，串联着黄昏至入夜时分一个更比一个瑰丽的洛岸胜景，难道还有比这一传说更天然地适合于用舞姿演绎的故事吗？

相比之下，梅兰芳何其幸运，他身边的文人谋士是传统文化的槛内人，有足够的慧心看出“洛神”传说内在的舞蹈性格，于是为他量身定做了情节异常单纯而以歌舞场面争胜的《洛神》一剧。在梅兰芳的《洛神》里，剧情创作者可以说调动了这一传说中所有诗意的因素，比如为了防止场面单调，将《洛神赋》中一笔带过的“汉滨游女”“湘水神妃”具体化，让全戏的高潮在两位女神为洛神伴舞中展开。另外，因为毕竟是要将一篇散文转变为一出戏，于是，还把昔人由《洛神赋》衍展而出的曹植与甄氏的传奇故事也引为情节，让曹植在孤灯下摩挲观赏心上人的遗物，并搂着宝枕伏案睡去，然后，由甄氏幽魂升仙而成的洛神前来驿舍，面对记录了自己生前坎坷青春的金带枕，面对与枕相伴的隔世恋人，“睹物伤情，益增悲感”。

正是怀着如此的哀凉，梅兰芳的洛神在情人的梦境中显影，约他翌日在洛川上进行那为了诀别的会面，从而，将曹植与观众一起引向仙带飘飘、凌波微步、“乘清风扬仙袂飞凫体”、“翩若惊鸿，矫若游龙”、千古不灭的缤丽一刻。

虎皮壁幔与黑貂暖帐

很多人反对在今天还使用皮草，我也在其中之列，因为现代生活的种种便利已经让皮草变得不再必要。不过，回顾一下历史上使用皮幔、皮帐的奢侈生活，还是挺有趣的。

蒙古人建立元朝之后，把游牧生活中大量使用皮毛的风气也带入宫廷生活，当时，元大都的主要宫殿一到冬季居然会满墙垂挂皮壁衣，还架设皮暖帐。熊梦祥《析津志》中就记载，皇宫中的秋冬铺设是“便殿银鼠璧（壁）衣，大殿上虎皮西蕃结带璧（壁）幔之属”。陶宗仪《南村辍耕录》也云：“至冬月，大殿则黄猫皮壁幛、黑貂褥，香阁则银鼠皮壁幛、黑貂暖帐。”元代宫廷的室内装饰真是自成特色，竟以无数虎皮缝缀成壁毯一样的巨大帷幕，垂挂在正殿——大明殿——内部的四壁，将整座殿堂的墙壁都遮挡起来。大明殿后边的三间香阁（即便殿）则用档次略低的银鼠皮——不过也是贵重皮毛呀！——联缀成的整面壁衣悬垂一周，让各间殿室的四围墙面全部由银鼠皮遮覆。书中还提到，延春阁后面的一间华美香阁也是“楠木寝床，金缕褥，黑貂壁幛”，这间殿堂宽一百四十尺、进深七十五尺，要把墙壁都用黑貂皮制的巨幕遮住，那得用多少貂啊。

大明殿、延春阁的侧畔皆有正式的寝殿，但寝殿内反而不用毛皮护壁，看来动用这种装饰的意图主要在于制造威严的气势、堂皇的氛围，甚或是渲染游牧民族生活的传统。大明殿为“登极、正旦、寿节、会朝之正衙”，巨大空间内只安设龙榻以及诸王百官的坐床，所以榻、床上铺设黑貂褥。与之不同，香阁为闲居或者搞小型活动的场所，于是还设有黑貂暖帐。这种皮缝的帐子并非床帐那么小，而是属于所谓的“漫天帐”，既高且大，张吊在殿内，如同一间软墙软顶的小室，不仅设有床，还会安置书几、座椅、香几、小书架、炭盆等，就是个独立而保暖的袖珍起居空间。

在明清两代，元宫使用皮壁衣的做法没有承袭下来，但皮暖帐一直为上层社会熟悉。据《万历野获编》记载，喝醉酒的嘉靖皇帝竟与他宠爱的尚美人一起“于貂帐内试小烟火”，以做大死的精神，在貂皮帐里放烟火玩，结果四溅的火花将帐幕引燃，并迅速蔓延，终至整座永寿宫焚毁。清人曹庭栋《养生随笔》则谈道：“皮暖帐世俗恒有，非必黑貂耳。但就枕如入暗室，晓夜不能辨，必于

[右图]清 佚名《乾隆赏雪图》局部 故宫博物院藏

帐前开如圆月，纱补之以通光，玻璃尤为爽亮。”由此可知，皮制暖帐在传统生活中实非罕物，使用率颇高，但一般不以贵重皮毛为材料。这种皮暖帐还会在正面开个圆窗，糊纱罗或者镶嵌玻璃（当时民间也已开始消费西洋玻璃）。

足相印证的是，《养心殿造办处史料辑览（雍正朝）》中记录，雍正九年曾经为乾清宫西丹墀下的板房内重做一顶羊皮帐，这座所谓的羊皮帐相当于一明两暗的袖珍套房，正中设有门，门两侧用羊皮垂幕做成“隔断”，把帐内空间分成三份。每侧的软幕隔断上都开有一对方窗，衬糊轻纱，由此透亮。至于由羊皮隔断分成的两个“皮帐”暗间，则均在外侧帐面上做出一扇玻璃窗。此座羊皮帐是安设在一所板房之内，于是，在板房墙壁上对应这两个玻璃窗的位置又特意添设窗口，以便进光。

雍正皇帝因为各种原因有时会到板房内暂住，这顶羊皮帐规划仔细，帐内还设有床，显然就是为他特制，所以尺度、细节都非民间皮帐可比。不过，帐用羊皮、开窗透光，都与《养生随笔》所述一致，可见当时无论宫廷还是民间，都使用这类制作讲究的皮暖帐。

只不过，紫禁城内的寝殿皆有“满地炕”，温暖如春，所以日常并不需要皮帐，只在暂住板房时才借助到它。但在民间，却是将皮暖帐设在卧室里，以之抵御漫长冬季的寒夜。

东渡的行障

朋友去日本旅游，带给我一本《源氏物语》历代插图合集的画册。翻开第一页，便赫然看到“行障”！这一页上的画面乃是《石山寺缘起绘卷》的局部，该作品创作于1497年，传为土佐光信的手笔。观者可以清晰地看到一间闺房的内景，其中颇醒目的一个细节就是，对着竹帘低垂的门户，树立着一座金漆“丁”字形——或说“T”形——撑架。撑架的横梁悬挂着一面华丽的帷幔，长垂至地，尚有多余的部分软软地拖落在席面。横梁上显露有系结帷幔的绳结，与绳结相对应，四对纹饰华丽的短带轻垂于梁下。

如此的形式简直让人立刻会联想到唐人范摅《云溪友议》中所录陆畅《咏行障诗》：“碧玉为竿丁字成，鸳鸯绣带短长馨。强遮天上花颜色，不隔云中笑语声。”此诗把“行障”的形制介绍得十分清楚：一根竖杆上撑有一道横梁，形成“丁”字形的障架，垂有成对的绣带。贵妇们聚在行障之中，明明能听到她们的笑语，却看不到她们的形影，显然，丁字架的横梁系有织物，长垂至地，挡住

（传）日本土佐光信绘《石山寺缘起绘卷》局部，这一画卷是表现《源氏物语》内容的名作之一。

了外人的视线。

行障是大致在南北朝时期发展起来的一种家什，可于室内分割空间，贵妇外出时亦会凭之以遮蔽身影，扬之水有《行障与挂轴》一文对此梳理甚详。这种轻型家具可以灵活搬移、灵活摆设，在任何的起居所在，都可以根据即时的需要放置，由此形成适合当前场合的格局，因此在南北朝、隋唐时代的居室布置中起着重要作用。最典型的例子为《南齐书·宗测传》所言："测善画，自图阮籍遇苏门于行障上，坐卧对之。"说明行障可以带有绘画，并且陈设于室内，显然很容易移动，所以宗测无论白日起居还是夜晚寝息随时将之置于身畔。

行障当然也可用于室外。敦煌榆林窟第25窟五代时期《婚礼图》即呈现一个树立在露天的"丁"字形撑架，戳立于底座之上，横梁垂下帷幔，并挂有四条长带。其形制与陆畅所咏相合，且文献中明确记载唐人婚礼中会设置行障，因此，画中无疑展现的就是唐时之行障。

有待进一步研究的是，《源氏物语》历代插图中，频繁出现与唐代行障非常近似的器什，唯一的不同就是立杆增加为两根。以插图对照小说描写可知，丰子恺将这一轻灵家具译为"帷屏"，林文月则译为"几帐"。典型如《空蝉》一节："许是怕热的缘故吧，挡眼的几帐也掀上了帷幔，所以室内的景象可以看得一清二楚。"该场景显然属于经典之列，每每见于诸家插图，其中，17世纪土佐

辽代壁画摹本《侍寝图》，图中，带有垂帷的行障兼做衣架，搭满衣袍以及革带等。现藏于内蒙古巴林左旗博物馆。

派《源氏物语》插图画稿、18世纪《源氏物语图屏风》在进行具体表现时，均描绘了一个“丁”字形撑架，一双立杆戳在底座中，所挂帷幔被卷起一半，绕于横梁上。同一细节亦见于张培华《源氏物语绘本》所引江户时代承应三年版绘入本。这无疑是最明确的证据，显示“几帐”为垂挂帷幔的“丁”字形撑架，采取了唐时行障所具的样式。

“几帐”一称亦见于林文月译《枕草子》，而周作人译《枕草子》对于同一器什也称作“几帐”，并作注云：“几帐为屏风之属，设木架，上挂帷帐凡四五幅，高五尺余，冬夏材料不同。”可见《枕草子》中之“几帐”与《源氏物语》中之“几帐”确实为同一物。对《源氏物语》《枕草子》稍加留意，就不难意识到，几帐在平安时代的贵族居室尤其是闺房中是很重要的一种实用性陈设，置于室内的床畔、帘侧诸处，戏份吃重。

日本几帐与中国行障形制相近，功用相仿，可以下这样的结论：前者正是对于后者的几乎原样不动的引进。关于行障的具体使用方式，中国文献中记载极少，《源氏物语》《枕草子》对几帐却有活泼缤纷的描写，如《空蝉》表明天热时会把垂帷卷起一半，便是很有趣的信息。同样，《源氏物语》历代插图亦对几帐的设置方法进行了多样的呈示，中国传统艺术中恰恰缺少行障在室内运用的再现。因此，仔细研究日本文学作品与绘画中的几帐，会大大地有助于复原行障曾经的风貌，从而增进对于晋唐时代室内陈设与生活方式的了解。

当然，平安时代贵族的生活状况与隋唐时差异很大，引进几帐之后，必然依据在地的需要增减其功能。比如女子会将几帐架设在面向走廊之处，对之有意的男子则坐立在几帐外的走廊上，双方隔着一层帷幔谈情说爱，这显然非唐人能有的风气。于是，甄别其中哪些源于中国、哪些属于创新，便会是很有意思的侦探工作。

明白了行障和几帐的具体样式，可以让人更好地赏味《源氏物语》《枕草子》的情节与意境。如《枕草子》“宫廷女官住所”一节的描写：

> 帘子的色泽青青，已饶风情，加以几帐之帷幕又鲜明悦目，末端稍稍露出女官们的裳裾缤纷……

> 门口虽立着三尺之几帐，不过，帘子的帽额与几帐之间，仍有少许隙缝，若是正巧那站在外头的人与坐在内里的女官的脸得以闪现，那就更有情趣了。

平安时代贵族男女谈情说爱的方式，比几个世纪之后罗密欧冲着阳台上的朱丽叶喊话，要微妙得多呢。

幻影魔术的酒杯

一个美丽的女性送给心上人一套奇妙的酒杯，一旦注入清酒，每只酒杯的杯底就会显现不同的花影，一只杯内是桂花，另一只为梅花，又一只为兰花……然而，待酒喝干，杯内的花影便会消失。这样的情节，即使安设在今天的影视剧中，也会引发观众兴趣吧。

从文献来看，利用光学原理制作带有特定视觉游戏的酒杯，是在宋代出现的工艺。其具体方法是，在杯底加装一个凸透镜，即一片球面的水晶片或透明玻璃片，镜底与杯底之间则水平地夹置一页袖珍绘画。当空杯时，夹嵌画片在焦点之外，图画的成像在人眼一侧为实像，目力不易看清，结果就造成了杯底无物的幻觉。

一旦将酒或其他饮料注入杯内，由液体形成了一个凹透镜，与固定在杯底的凸透镜结合成为一个凹凸相接的复合透镜。这时，嵌画进入复合透镜的焦点之内，其成像是在杯底一侧的放大的虚像，人眼可以清楚看到。由人的感觉来说，就像是倒酒入杯之后，酒杯里忽然浮现出某种物体。因为是映像，所以如果伸手到酒中去捞，当然捞不到任何东西。待到杯中酒饮尽，复合透镜自然解体，放大的虚像也随之灭迹，人眼便看不到嵌画上的形象了，这就让人产生幻觉，仿佛是杯中的物体悄然消失了一样。

历史上，显然只有很少的工匠掌握了相关技术，并且在师徒之间悄悄传授，因此产品不多，古人又不明白其中的道理，一旦接触到，便总是惊诧为神奇的珍物。一条鱼或一对鱼是这种酒杯杯底小画片上最常见的主题，如此，注酒的杯内会显现出灵巧鱼影，仿佛真有鱼儿在酒中游动，魔术效果最佳。其次是袖珍美人画，特别有意思的是，在二十世纪八十年代，大陆一度出现了以当红明星小照代替传统古装美人画的魔术酒杯，杯内盛酒之后，就会显现影视女星们的笑容。

清代则有“蝴蝶杯”，把绘有翩飞蝴蝶的画片嵌在杯底。动人之处在于，这种杯满蝶现、酒干蝶隐的奇巧酒具激发了文人才子的灵感，没有留下署名的清代剧作家编写成一出传统戏《蝴蝶杯》，引发各地民间剧种竞相翻演。“蝴蝶杯传家宝世上罕见，斟美酒蝴蝶出飞舞翩翩”（河北梆子唱词），到1965年，邵氏拍摄黄梅戏电影《蝴蝶杯》，足见这出戏脍炙人口的程度。

元人伊世珍《琅嬛记》里有一条记载，说一位叫关关的美女送给她中意的文人俞本明一套“青华酒杯”，“酌酒辄有异香，在内或有桂花或梅或兰，视之宛然，取之若影，干则不见矣”。在历代

元 青瓷印花碗
浙江义乌工人路窖藏出土
义乌市博物馆藏

明 项元汴《项式历代名瓷图谱》之“明成窑紫玉兰酒杯”

记录的同类酒杯中，这一套无疑意境最雅。如果按照明清古意再创梅花露鸡尾酒、蔷薇露鸡尾酒等花露鸡尾酒，并配以带有相应花卉显影的酒杯，或许倒显清趣。

雅趣

巾带题诗赞美人

今人对于历史往往有很多莫名其妙的误解，比如一想到宋代士大夫，就认定他们必是道学先生的古板样子。其实欧阳修苏轼陆游们个个风流倜傥、潇洒开朗。那个时代居然流行一种风气，文人可以向陌生女性献诗，优雅婉转地赞美她的美貌、仪态以及才巧。女性们出于对名士的倾慕，也特别喜欢请这些异性文人把自己作为主题写入诗词，日后作为夸耀的法宝。

这种献诗都是当场立刻吟诵成篇，所以非常考验作者的临场发挥能力。并且，很经常的情况是，吟赞的对象乃是第一次相见，必须立刻抓住眼前陌生女性的出众特质，予以传神的描写，意象生动，辞藻华美，让现场围观群众一致哄然称妙。尤为奇特的是，女性向名人雅士求诗之际，一定会递上最具亲私性质的用物，请赋诗者当场挥毫，书写在上面。常见的当然是扇子与手帕，不过，宋代女性其实最喜欢拿出心爱的领巾或者裙带，请男性文人题诗其上！收藏一条或若干条由名士亲笔题写、歌颂自己的领巾、裙带，简直是闺中的一种时尚。逢到聚会场合时，取一条这样的领巾绕在颈上，或者将写有题诗的裙带系在腰间，任一对墨迹淋漓的长带轻垂在身前，会觉得特别神气。擅长歌舞的艺伎们经常出席士大夫的聚会，所以最有机会请他们题诗。实际上，美丽多才的艺伎拿出扇帕巾带当场向才子求诗，而受邀者很快地吟成诗词一首并潇洒题写，基本上是宋代高级别社交场合的一个固定环节，能引发所有人的兴致。聪慧的艺伎自然也是本领过硬，能随即将这诗或词稍加改动，变成与特定曲调相配的歌词，然后将之宛转演唱给大家听，这就把欢快的气氛推向高潮。

良家女性，甚至包括皇宫中的妃嫔女官，也一样可以请求文人题写赞颂自己之美质的诗词。话说有一年，中秋之夜，名臣王珪在禁城内的翰林院值夜班，没想到，宋神宗在举行过正式的赏月宫宴后，觉得兴犹未尽，想找雅人一起喝个小酒聊个大天，便以“赐酒”的名义，派太监来宣召王珪前往皇宫中一处小殿内。王珪随太监赶到小殿，便亲睹了如仙境一般的场景：一队女童吹奏着清乐踏月而行，引导着神宗所乘的步辇款款前来。让王珪吃惊的是，天子居然坚持如民间待客一样，分设主宾席位，君臣平等地对坐，把酒月下，兴致勃勃地交流了一番关于文学的见解。愉快地聊天到三更，皇帝反而兴致更浓了，干脆命令左右妃子、乐伎、宫女都来请王珪题诗，并且让太监用象牙案捧出御用的金镶水晶砚、珊瑚笔

清 珊瑚笔山 南京博物院藏（摄影：动脉影）

格、玉管笔供其使用。既然得了天子的口谕，妃嫔宫女们也都活跃起来，这个当即解下颈上的霞帔，那个取来刚刚熏香的裙带，有人掏出袖底的帕子，有人持来纨素的团扇，依次向王珪请诗。王珪可是个才子，面对这么多宛如天人一般高贵而曼妙的女子，毫不怯场，文思如飞，对每一位求诗者都能吟出符合其身份、称扬其专长的诗词，特别是那些容貌出众的宫人，他一定能用恰当的修辞描述出其独特的美丽，于是，得到题诗的女性们个个欢喜得面上生光。

这时，神宗含笑言道：“哪能白白劳烦学士呢，你们都得掏润笔费呀。”让宫人们每人从头上摘下一朵珠花作为酬谢。这些深得恩宠的女性当即调皮地把王珪的头冠摘下当作盛器，结果头冠很快就被珠花填满，于是，她们又纷纷把珠花塞进王大学士的双袖之内，还有伶俐人儿当即取来针线，把那一双袖口缝合起来，免得珠花掉落。在规矩森严的宫禁生活中，此刻竟有了这样一场小小的放纵与狂欢，搞得神宗也心情特别愉快，看到已是月影西沉的残夜时分，便命内监撤下天子所用的涂金莲花形巨烛，为已带酒意的王珪照路，护送他回到值班院休息。

宫中尚且如此，民间风气就更为活泼热闹。最有意思的是，这种氛围竟催动苏轼在路过华清宫时做了一个神秘而诗意的梦，梦见唐玄宗命令他为杨贵妃的裙带题词！即使在睡梦中，诗人的才思也毫无凝滞，且醒来之后记忆清晰。

假如记载可信的话，虚龄二十一岁的苏轼在出川应试的路上，曾经在华清宫的废墟畔有过“春梦”一场：

轼初自蜀应举京师，道过华清宫，梦明皇令赋《太真妃裙带词》，觉而记之。今书赠何山潘大临邠老，云：“百叠漪漪水皱，六铢縰縰云轻。植立含风广殿，微闻环佩摇声。”元丰五年十月七日。

这是《东坡志林·梦寐》一章中以“记梦赋诗”为题的一则苏轼“自述”。

然而，就在同一章中，稍后又出现了一条“梦中作靴铭”，说苏轼任职杭州的时候，梦见被宋神宗召入禁中，并有红衣女童捧来一只红靴，让他在靴上题写文辞，“既毕进御，上极叹其敏，使宫女送出，睇眎裙带间有六言诗一首，云：‘百叠漪漪水皱，六铢縰縰云轻。植立含风广殿，微闻环佩摇声。’”

一个男性梦见暗示着异性身体的女人裙带，要算典型的春梦了。关于第二场春梦，文献中还有一种说法，说是发生于苏轼在黄州之时。后人因此就觉得不解，一种春梦居然有两三个歧出的版本，这有什么意思呢？睡觉做梦还能做出一个系列剧？如果是编造的故事，那么又何必如此？

有意思的是，在宋人笔记中，宋神宗这位天子似乎屡屡与题有文人墨迹的女人裙带发生关系。南宋人王明清《挥麈余话》中记载一则轶事说，擅长书法的沈辽曾经应人之约在一条裙带上墨书题词，结果这条裙带被辗转买入宫中，居然由受宠皇妃系在了身上。初登君位的宋神宗看到之后大为不悦，定义为“士大夫……为倡优书淫冶之词于裙带”，导致沈辽最终削籍为民。然而，《钱氏私志》中却有着情调截然相反的传说：有一年中秋之夜，时为翰林学士的王珪被宋神宗单独召入禁中“赐酒”，“夜漏下三鼓，上悦甚，令左右宫嫔各取领巾、裙带或团扇、手帕求诗”，而王珪则有求必应，挥笔不停，“尽出一时新意，仍称其所长，如美貌者，必及其容色”，搞得皇帝与妃嫔们都非常高兴。

观察文献可以看到，宋代女性热衷的时髦之一就是找机会请名士在自己的裙带、领巾之类服饰上题写诗词，并且那诗那词最好是名士当场即兴讴颂衣服主人之美好魅力的专题作品。文人们应约或主动向陌生女性献上赞美之词，只要意涵优雅，不涉亵狎，就不算耍流氓——不过他们的这类作品其实往往相当轻浮。这一风气是否也如笔记所述那般传入皇宫之中？皇妃、宫女们是否真的会把写有诗词的裙带系在身上？我们似乎没有理由怀疑古人文献的可信性。不管怎样，苏轼的两场春梦，都必须放在这一极特殊的风雅当中，才会容易理解。

明 杜堇《宫中图卷》局部 上海博物馆藏

春梦一号，其实暗含着相当软情色的情节——风华正茂的苏轼居然把自己的才华挥洒在了杨贵妃的裙带上。在传奇中，李白的三章《清平乐》也不过是写在金花笺上而已！如果苏轼真的曾经做过这样一个梦，那么无疑反映出他在初出茅庐之际的自信与自负，反映出他对不远的未来的期许。

春梦二号，含义就幽昧朦胧得多了。仅仅从情节的层面上来看，故事是说，苏轼当初那一场成功“穿越”时题上墨迹的、杨贵妃的裙带，居然经由冥冥的力量再度逆穿时空，出现在神宗身边的宫女身上，神宗在注意到这条裙带之后，特别宣召苏轼入宫，以题靴的方式检验了一下他的才华，最后，又特意派系有那条裙带的宫女送苏轼下殿，以此让他明白圣心的用意。这个所谓的“梦”大概是一个婉转的隐喻，也许是苏轼自己编排出来借以表述心迹；也许干脆是他人的杜撰，是人们对苏轼在那一段危厄时期的遭际的一种理想化、神秘化的解释。

其实，沈辽因题裙带而被黜、王珪在中秋夜于皇妃们的裙带上留墨，又怎能确定就是事实呢？也一样可能是一种隐喻，一种辗转地编排成型的传奇模式，一场宋代士大夫集体成就的“春梦”。有意思的是，在这一类型的明显是异性恋气质的春梦中，真正的“梦中人”其实是一个男人，一个至尊的男人——天子。坦白讲，相对于这一种“春梦”所蕴含的复杂纷纭的深层内容，我更满足于欣赏

（传）明 张路《苏轼回翰林院图》局部

它在字面上的美丽。紧张、残酷、混乱以及让所有卷入者在心理与生理上都备受伤害的政治斗争，却能催生出如此缠绵婉转的隐喻的表述，这，也是一种能力，一种极其丰盈的文化才能具有的能力，套用今天的话说，是真正的“软实力”。

暖翠楼上的盒子会

清代名剧《桃花扇》中，对男女主人公的第一次见面，作者孔尚任安排了一个春光洋溢的场合，即，秦淮名妓们在清明节举办“盒子会”的时刻。

盒子会是明朝南京真实存在的风俗。明代著名大画家沈周撰有一篇《盒子会辞》，介绍说，在南京这里，“色艺俱优”的名妓们流行结拜“手帕姐妹”，多达二三十人一同拜作干姐妹。每年春天三月三是传统的“上巳节”，从这一天起，这一群干姐妹就要轮流举办宴会，赴宴时，每人都要带来一只名为“春盘”的食盒，不仅食盒本身务求精巧，盒内之物更必须是最珍贵最上等的食品。谁带来的吃食最为稀奇且美味，就算赢家，比赛中的输家则要受罚，向赢家敬酒。宴席上还有一项重要内容，就是这些美人轮流表演各自擅长的文艺才能，弹奏乐器、演戏、唱曲等，席间灯火辉煌，笑语喧哗。这样的盛会竟会持续一个月之久，因为参与者每人都送来一只食盒，所以叫“盒子会”。

《桃花扇·访翠》一折正是把真实的风俗加以最美丽的演绎，戏中，盒子会的主要目的变为名妓依次呈演乐器，一起钻研音乐技艺，互相观摩，彼此切磋，在竞赛式的表演中获得提高。因此，干姐妹们带着满盛精美肴馔的盒子聚齐之后，会在一处楼阁上进行这次演艺比赛，并且将底层的楼门紧闭，不容闲人上楼，以免被打扰。风流子弟只许在楼下“赏鉴”，竖着耳朵遥听楼上的乐声，如果哪一曲将他特别打动，可以将一件贵重饰品立刻抛到楼上去，叫“打采”。假如楼上那位刚刚奏罢一曲的美人看到抛物上来的这位男子恰好觉得喜欢，就会把一些新鲜水果扔下楼，作为回敬，也是一种委婉的互表好感。

孔尚任将《桃花扇》中的这一次盒子会安排在清明节当日，“莺花三里巷，烟水两条街”，金陵正是最秾软的时光。女主人公李香君随养母李贞丽一起到名妓卞玉京家，参与卞宅内暖翠楼上的竞技雅会。男主人公侯方域与友人一起闻讯跟来，在楼下，听到楼上一曲箫音美妙到让他“销魂”，激动之下当即将一个伽楠香扇坠抛了上去。奏箫者正是李香君，她从楼上看到抛扇坠上来的翩翩佳公子，竟是一见倾心，也就用白手帕包了一包樱桃扔下，以为回应。

接着，李贞丽带着香君下了暖翠楼。因为主人卞玉京在楼上主持盒子会，无法分身，香君便代替她招待侯方域及其友人，先品茗，后饮酒、行雅令，由此，才子佳人第一次在社交活动中面对面地接触，啊，随即触发的，便将是剧中那曲折而悲情的爱情传奇！

在整个世界戏剧史中，这一次的男女相遇，都因其无比的风雅蕴藉、出人意表的情节设置，而熠熠夺目。比较起来，莎士比亚显得太粗糙了。

清代彩绘本《桃花扇》中“访翠”一帧，亦即盒子会的情节。

叶笺寄情思

将心中涌起的诗句写到一张叶子形的彩笺上，然后扬手将其抛向空中，看轻风携着一叶小笺，携着自己的片段悄语、随性感喟，渐渐飞向山谷，飞向碧潭，最终归入大自然的苍莽之中隐没不见。这想必会是很畅神的体验。然而，如此的做法曾经真实存在，在明代，文人士大夫游赏山水时，就喜欢以这样的方式向天地抒发情怀。

德国科隆东方艺术博物馆藏有一套明崇祯十三年闵齐伋刻《西厢记》彩图，其中第三幅即绘有两张形态不同的叶形彩笺。一张为蕉叶形，是蕉叶笺，上面题写着张生在月下的吟诗。另一张为枫叶形，是枫叶笺，录写着崔莺莺的和诗。每张笺旁都有一只蝴蝶蹁跹，仿佛正伴随着笺叶在半空中飘飞。这一精美的画面实在是为明代叶笺做了宝贵的留影。

叶笺这一灵奇的创意大约受益于历史上种种“书叶”的传说。据说，盛唐学者郑虔年轻时颇为贫寒，热爱练习书法却买不起纸，便到慈恩寺中寄住，每日从寺内柿林中采摘柿叶作为纸的替代品，于叶上练字，最终成为一代书法名家。不过更动人的是围绕“叶上题诗”情节展开的数则爱情故事。其中流传最广的为宋人小说《流红记》：士人于佑黄昏独自在御沟旁散步，偶然发现一枚大树叶随着水流从宫墙下漂出，浮在河面上，叶面居然题有宫怨诗一首：

流水何太急，深宫尽日闲。殷勤谢红叶，好去到人间。

于佑为人敏感多情，几天之后竟特意跑到御沟的上游处，把一片亲自书写了诗句的红叶放入水中，让流水将其带入宫墙之内。叶上题诗是：“曾闻叶上题红怨，叶上题诗寄阿谁？”直到十年之后，宫女韩氏得到机会出宫，经人做媒与于佑成婚，结果，二人惊异地发现，各自都保留着题有对方墨迹的那片红叶。十年的牵挂，十年的等待，终于一朝花开。

在唐代，“红叶题诗”还有另一个版本，更惹惆怅：一位名为侯继图的文人在秋天登临大慈恩寺的高塔，正在凭栏远眺，忽然有一枚木叶随风飘来，落在他身边。叶上题写有抒发相思的诗迹，其中有句为“此字不书石，此字不书纸。书向秋叶上，愿逐秋风起”。带着诗句的木叶不知出于谁人之手，亦不知从何而来，徒令偶然拾得者倍感迷惘。

正是在唐代，出现了专门为录诗而设的“诗笺”。明代文人的

明刻《历代百美图》中正在题叶的韩翠蘋

"叶笺"乃是把诗笺的悠久传统又向前推进了一步。据高濂《遵生八笺》介绍，这种特型笺纸设计精巧，要制作出专为显现叶脉图案的凸花印花模版，利用传统蜡印花笺的工艺，在红、绿、黄三色笺纸上印出叶脉的纹迹，然后将外缘裁成叶形——红笺剪作枫叶的形廓，绿笺则模仿蕉叶，而黄笺制为贝叶，这样，便得到了一张张宛如树叶的诗笺。

叶笺乃是传统文人用以书写诗作的专用小笺。动人的是，明代文人在出游的时候，喜欢将其作为纵情山水的载体，一如《遵生八笺》所述：

> 若山游偶得绝句，书叶投空，随风飞扬，泛舟付之中流，逐水浮沉，自有许多幽趣。

不管独自还是与友人一起，也不管是空山踏翠还是泛舟碧波，高濂这位《玉簪记》的作者总是携带内含叶笺的诗筒，一旦才思灵动吟得诗句，便题写到叶笺上，然后将片片轻笺抛向空谷或丢入明波，任其随风浮飞，漂波逐流，最终寄身自然。

在当今电子化的时代，纸笔已经变得陌生。其实，或可利用枫叶节、情人节等时机，重拾明人风雅，比如枫叶节时，鼓励人们用特制的枫叶笺写下自己的诗作或者心愿，挂到树上、枝头；赏荷节时则改为莲瓣形笺、荷叶形笺；情人节来个各色花笺叶笺随意选择，并设立许愿墙供大家张贴带着自己心迹的花叶……这种方式优美但并不靡费，却可以让很多人，尤其是年轻人，体验在纸面上书写诗式语句的乐趣，重温书写这一人类古老而重要的文化方式。

明 胡正言辑印 《十竹斋笺谱》彩笺图案之一

东太后的留影

慈禧太后喜欢拍照，喜欢让人给她画像，她的肖像和照片都流传了下来，后人也就清楚知道了她的容貌。相对来说，在今天，慈安太后的形象便显得比较模糊。其实，晚清以来民间口中的“东太后”一样留有画像，只是不大引人注意而已。

其中如佚名画工为她绘就的一张《慈竹延清》图，便很显示出这位历史人物的品性。画中人的装扮并不绚丽，穿一件石青色的氅衣，袍面布满金绣的寿字纹，二钮上挂饰的多宝串竟并非珠翠，而是一串沉暗的香珠。因为孀居的身份，所以看上去依然很年轻的皇太后不涂胭脂、不画唇红，但她微漾笑意，姿态轻松从容却不失娴雅，显得内心颇为坚定。当时她与慈禧一起垂帘听政，掌握着一个帝国的命运，是那个时代世界上最富威势的女性之一，然而，如果观看者不善观察，也许就会觉得，从肖像画上看不到权力与尊贵的气息。

画里也没有走一般贵妇珠翠满身的路子，太后的首饰不出十样，“看去不觉奢华”（《红楼梦》描写宝钗之语）。不过，如果真的以为这位皇太后不奢华，那就太天真了！且看那全套的翡翠首饰，包括成对的翡翠手镯与耳环、一枚小小的翠戒指以及一支翠耳挖长簪。长簪的簪梁上雕出一个镂空的如意绶带纹，这得需要多么大的一块翠料才能制成！同时，这些翠色的细节，也与牡丹的枝叶，更与背景的大簇绿竹形成了色彩上的照应。

不过，这幅画的点睛之处，并不在人上，却在人旁的花上。太后身畔，盛开着鲜艳的牡丹，在几朵娇粉与艳红之花的陪衬下，极醒目的，是一朵深紫色的硕大花朵昂首在半空，花心的卉瓣色深如墨，显然是非常罕见的名种。

紫牡丹似乎不算稀奇，在宋代，洛阳的魏姓花匠便成功培育出了“魏紫”，此后，历代都有新的变种出现，不过，这些各具特色的紫牡丹都属于紫红色系，花色偏红，于红中泛紫。唯有一种名为“墨紫”的花品，花瓣的色泽浓重到接近黑色的程度，欧阳修《洛阳牡丹记》中即记道：“叶底紫者，千叶紫花，其色如墨，亦谓之墨紫花。在藂中旁必生一大枝，引叶覆其上。其开也，比他花可延十日之久。噫！造物者亦惜之耶。此花之出，比他花最远。传云：唐末有中官为观军容使者，花出其家，亦谓之军容紫，岁久失其姓氏矣。”陆游《天彭牡丹谱》亦云：“泼墨紫者，新紫花之子花也。单叶，深黑如墨。欧公记有叶底紫，近之。”近黑色的紫牡丹也称

清 沈振麟、沈贞绘《慈竹延清》（故宫博物院藏）

清 沈振麟、沈贞绘《璇闱日永》（故宫博物院藏）

叶底紫、军容紫、泼墨紫，《慈竹延清》中，盛开在东太后身畔的，恰恰是这种牡丹。因此，这幅肖像的立意很独特，是借用一种罕见的牡丹品种，来彰显画中人的尊贵。

更妙的是，慈安的两把头[1]上，在左侧插有一对墨紫牡丹的绢花，花上有蝴蝶蹁跹，形成“蝶恋花”的主题。从《红楼梦》“送宫花贾琏戏熙凤”一回可知，在传统生活中，“宫里头做的新鲜样法”的宫花因为工艺高超、款式新颖，既意味着刚刚发布的最新流行时尚，也意味着顶级精品，对任何一位女性来说，若得几枝以耀首，那都是再美不过的事。《慈竹延清》这幅画流露的信息是，因为皇宫内有墨紫牡丹盛开，造办处便仿照墨牡丹的模样为皇太后专门制作了“同款”绢花，供她赏花时插戴。那头上的绢花与身畔的真花彼此呼应，如此的“独家定制”，大概要艳羡煞了天下女子。

慈安还有另外一幅御容像《璇闱日永》，看得出来，这两幅御容属于同时完成，画中的服装完全一样，改变的只是首饰等细节。同样的，《璇闱日永》也出现了红牡丹、粉红牡丹与墨紫牡丹，与《慈竹延清》不同，前者不仅有栽在苑内的牡丹，还多添了一只花瓶，里面插着粉、墨紫以及白三色牡丹的折枝。这一次，慈安的头

1 两把头：又称二把头，是满洲妇女具有代表性的发式。即将头发分成两绺，结成横长的发髻，再将余发梳成燕尾巴式扁髻。

上是一对粉牡丹宫花，与硕大的天然粉红牡丹形成呼应，不过，在两把头右侧斜插了一支点翠“福”字簪，让石青长袍的青色再次出现。最出彩的是描绘了一只窑变花瓶，瓶身以紫色为主，把墨紫牡丹的紫色加以延伸。另外还有一个容易忽略的细节，两帧御容中，慈安外袍的两只袖口下，冒出内里三层衬衣的袖边，由外向内分别为紫、黄、蓝——紫袖边同牡丹之紫、蓝袖边同长袍之深青为同色系，在细节上进行色彩的协调。

应该说，在清代宫廷肖像画中，如此注意色彩的呼应，很是少见。实际上，清代宫廷肖像画似乎没有“主色调”这样一个概念，以青色与紫色在画面上形成沉稳的主色调，就更为少见。此外，桌子、轩厅也都采用素雅的色泽，建筑不施彩画，都让这幅作品偏向端庄沉稳。

有人或许会认为，用蓝、紫这两个沉稳颜色统摄整个画面，再以细节与之呼应，是这两幅肖像创作者的主意，体现的是画家的水平。不过，足以作为参考的是，慈禧太后也有一幅御容中出现了墨紫牡丹与粉红牡丹同芳，而且她在钿子上也插了墨紫宫花，但是这幅作品就不见主色调的设计，而是多种鲜艳色彩彼此竞争，黄色蟒袍上遍布五彩花纹，紫与粉的牡丹花枝插在一只绿花瓶里，绿锦垫旁是紫锦垫……而且充斥着奢侈品和高档家具，包括镂花白玉果盘、镶碧玺的碧玉如意、粉彩唾盒等。由此可以推断，当事人的意

清 沈振麟、沈贞绘《慈禧太后像》（故宫博物院藏）

见会直接影响画师的画样，最终肖像能成什么样，很大程度由“委托人”决定。因此，慈安太后的两幅御容应该是在她的授意之下完成的，创作过程遵循了她的懿旨，在一定程度上反映了她本人的品位与修养。

坐于山石之上的那幅御容，上方题有“慈竹延清”四字，笔迹颇显稚嫩，钤“同治”白文印、“敬书”朱文印，鉴藏印钤“同治尊亲之宝”朱文印。很显然，是尚在少年阶段的同治皇帝亲自题写了这四个字，祝愿母后皇太后长寿。另一幅御容，则是小皇帝在画面一侧题写“璇闱日永”，同样有“同治尊亲之宝”“同治”“敬书”三印。虽然与小皇帝没有血缘关系，但身为宗法社会重视的嫡母、正宫皇太后，慈安太后与慈禧一样，与同治是母子关系，同治亲自书题，正是这种关系的表现。

据李湜《同治、光绪朝如意馆》一文，同治四年四月一日起，如意馆画士沈振麟、沈贞应召“进内恭绘慈安皇太后御容、慈禧皇太后御容”。他们二人作画的时间接近牡丹的花期，与慈安两幅御容中的季节一致。同治四年这一年，慈安二十八岁，也与画中的年轻模样相符。因此，有可能，这一对作品的创作者就是沈振麟、沈贞，他们用画笔保留了1865年时慈安太后的形象。

在后人的印象中，东太后一直被西太后的锋芒遮掩，近年普遍流行的论调认为，她只是个陪衬角色，缺乏个性和光彩。其实只要稍微想想，能和慈禧这样的人联手，并且在近二十年内形成稳定的政治搭档，主见、智商、气度、判断力，总之综合能力缺了哪一项，都是做不到的。要知道，她不仅与慈禧一起成功发动辛酉政变，而且，两位太后一同垂帘听政的时期，收拾了咸丰留下的烂摊子，创造了“同光中兴”的局面，其中包括开展洋务运动。在那个时期，她们二人在朝野中的声望并不坏，薛福成在《庸庵笔记》里就对慈安极尽溢美之词，包括这样的描述：“当是时，天下称东宫优于德，而大诛赏、大举错实主之。西宫优于才，而判阅奏章，裁决庶务，及召对时谘访利弊，悉中窍会。东宫见大臣，呐呐如无语者。每有奏牍，必西宫为诵而讲之，或竟月不决一事。然至军国大计所关，及用人之尤重大者，东宫偶行一事，天下莫不额手称颂。”如此高的评价，也可能是作者戴了滤镜之后产生的感受，是对慈安自觉不自觉地进行了美化，不过，至少说明，慈安没有特别昏聩的行为，没有做过让人无法忽略的蠢事，破坏她在朝臣心中的形象。

不管怎样，两幅肖像画里展示的慈安太后沉着大气，自我认识清楚，文化修养与审美品位颇佳，对政治上的权力，她并没有任何畏缩，反而很是自豪。而且，她还很善于表达这种自豪，毫无暴发户的俗气，相反散发出含蓄内敛的权势感。

煮香与煎香

品香，如今日益成为雅人的流行好尚，不过，从各种相关介绍来看，今日所谓“香道”的爇香方法似乎颇为单一，中国古人发展出的种种便捷经验尚未受到注意。

当今冠以“香道”“香席”名号的品香雅事是从日本重新传回中国，带着日本人的认真劲，焚一小片沉香，要求大家都屏息静气，打起十分精神去闻嗅那香芬，倒仿佛练功一般。在中国的往昔，文人雅士诚然会有如此凝神赏香的时刻，不过，焚香更多的是一种日常行为，是美化居住环境的一个必要方法。所以，古人很关心的就是，如何让一小片香料能够长时间地经受焚爇，在无须人费神打理的情况下，始终散发柔和而恬美的芳息？

自晋唐以来，爇香形成了固定的方法：在香炉内堆好香灰，于灰内埋下一枚烧红的小炭饼，然后在香灰的顶面放置一枚隔火片，再将香料置于隔火片上，令其接受炭火的熏烤，催发出香气。从日本传回的香道正是采用这一方法。不过，此法的麻烦在于，香料受

南宋 龙泉窑青釉弦纹三足炉
故宫博物院藏
（摄影：动脉影）

清 芙蓉石蟠螭耳盖炉 南京博物院藏（摄影：动脉影）

熏的一面容易烤焦，于是就需要人不时地将香料进行翻动，改变香料被火熏的部位，诗词中咏及的“翻香”即是指此。

针对这种麻烦，古人也发明了一些对策。沈复《浮生六记》就写道：“静室焚香，闲中雅趣。芸尝以沉速等香，于饭镬蒸透，在炉上设一铜丝架，离火半寸许，徐徐烘之，其香幽韵而无烟。”芸娘喜欢的巧法是在香炉内立一个小铜丝架，距离香灰面大约有半寸的高度，将蒸过的沉香片、速香片等天然香料放置在架上。这样，香片与炉内炭火之间隔着一定的空间，火力的影响更为柔缓，也就不会出现香片被烤焦的遗憾，相反，香片受热程度减低，挥发香精的速度也就更慢，其芬息显得更有“幽韵”。

如果说芸娘的方法是对香片隔空加热，那么明人周嘉胄《香乘》中记录的一则“煮香”法，则是利用了隔水加热的途径：“香以不得烟为胜。沉水隔火，已佳；煮香，逾妙。法用小银鼎注水，安炉火上，置沉香一块。香气幽微，翛然有致。”按这一段文字的介绍，沉香片置于隔火片上，固然效果很好，但还是比不上“煮香”之妙。至于煮香的具体方法则是：在安排好炭火、香灰的香炉当中架设一只迷你银鼎，向鼎内注入适量清水，然后把一块沉香直接放在水中。如此，炭火慢慢将鼎中水加热，热量再传递给沉香块，促使香精挥发。经过水的中介，香块避免了火力的直接熏烤，不仅没有焦煳之虞，甚至不会散发烟气。因此，其效果更接近今日

香精油的效果，芬氲微淡而持久，润而不燥。

此外，清初人屈大均《广东新语》里记载了一种所谓“煎香”法，与煮香法一样，是借助水来消灭烟气。虽然名为煎香，但其实仍然遵循爇香的经典程序，将香片置于隔火片上，接受来自隔火片下炭火的熏烤，只是事先要让香片受熏的一面沾少许水。沾水后的香片变得“滋润”，也就不容易烤焦，这一方法虽然简单，但“香一片足以氤氲弥日”，一片香料就可以在炉中散香一整天，效力持久。

见于往昔文字中的这些古人经验，在今天，也许仍然值得尝试，以便丰富既有的品香方式，甚或在这些旧经验之上形成创新。

[左图]明 杜堇 《玩古图》局部 台北故宫博物院藏

从琉璃行殿到水晶宫

当你游览故宫的时候，在延禧宫内，会看到一座砖石与钢材组成的建筑框架，伫立在干涸的水池中央。这就是未完工的“灵沼轩”，见证着传统中国建造水晶宫的最后一次努力。

你可曾想象过，一座宫殿式的大帐，镶满彩色玻璃窗，伫立在草原大漠，北魏君臣团团围坐在帐内，宴饮歌舞？

你可曾想象过，在元朝的大都即今天的北京，曾经有两座圆顶的宫殿，通体用玻璃镶成，坐落在苑池中央，向碧波投下水晶般的灿影？

今天，很多人都误以为玻璃是近代才从西方传入的东西，其实，中国人制造与利用玻璃的历史可以一直上溯到战国时期，只不过习惯上称之为“琉璃”。发展到晋朝，半透明彩色玻璃的制作技术已达到一定程度的成熟，宫殿上出现了镶嵌绿、白玻璃的窗扉，贵族居室中则会设有满布紫或绿玻璃片的折叠屏风。

南北朝时，甚至出现了满嵌玻璃窗的移动式宫殿。史书记载，北魏太武帝下令制作了一座大帐，帐顶与帐帷都开有成排的窗口，窗口内则镶上五彩玻璃。这座大帐设计得具有宫室的基本形状，但可以折叠起来由车马运载，也可以随时打开并在地上撑起，因此叫作“行殿”。此一移动的宫殿异常巨大，一旦张撑开来，足以容纳上百人在其中就座。阳光由密集排列在帐顶与四围幕帷上的彩色玻璃窗映入，帐内光彩变幻，斑斓陆离，这让太武帝的臣子们无比惊奇，以为是神仙用魔法化出的作品。

到了唐代，冶制无色透明玻璃的工艺发达起来，也就在这个时期，人们开始试图仿造传说中的海底水晶宫。据《云仙散录》，中唐时，大宦官鱼朝恩命令工匠用双层的玻璃墙围出一间独立的房间，两重玻璃墙之间留有中空的夹层，夹层内灌满江水，再植入水草、浮萍，并养以不同种类的活鱼虾。人处其中，四周的玻璃夹墙水光漾动，藻草与萍叶漂浮，鱼虾轻灵游动，仿佛置身水底的洞穴内，故而取名“鱼藻洞”。

另外，元朝的时候有记载说，当时有一位权臣燕铁木儿，他在府邸内让人修造了一座“水晶亭”，这座亭子的形制与鱼藻洞相近，但竟然以天然的水晶板代替玻璃，来做成亭子四侧的中空夹层透明墙壁，可谓穷奢极欲的极致。水晶亭与鱼藻洞有个迷人的特点，那就是把观赏水箱与小型建筑结合为一体，在亭内可以休息、会客、宴饮，同时四壁上鱼影不定，花草摇漾，形成活泼的动态墙景，并向亭内投下变幻的映影，如果在亭中或亭外点起灯烛，则愈发的奇妙如梦。

尤为惊人的是，明初文献《故宫遗录》记录了元代大都（今北京）皇宫的大体规制，其中写道："新殿后有水晶二圆殿，起于水中，通用玻璃饰，日光回彩，宛若水宫。"由此可知，元宫内有两座圆形的透明宫殿，矗立在苑湖的中央，从殿顶到墙壁全部用玻璃装饰，映着阳光，不仅晶莹澄澈，还有折射形成的虹彩，恰如水铸成的宫殿一般，因此称为"水晶殿"。

不过，古人并没有轧制大块平板玻璃的技术，在修造这类玻璃建筑的时候，唯一可能的做法是，利用砖石、泥膏、木材甚至金属将墙面做成方格式框架，再以小片玻璃逐一嵌满方格。因此，无论唐时的鱼藻洞，还是元代的水晶殿，都不会具备今日常见的整片玻璃幕墙，而是将无数玻璃片嵌满墙壁以及屋顶。

宣统元年（1909），隆裕太后在紫禁城延禧宫内建造灵沼轩，俗称"水晶宫"，这是一组规模不小的西式钢结构楼阁，本意是在钢框内满嵌玻璃，形成透明的顶与壁，周环的水池内蓄养金鱼以及莲花。不过，武昌起义爆发以后，造到一半的灵沼轩便停工搁置了。

其实，以当时的技术条件，灵沼轩即使真的建成，实用效果也未必理想，维护则更是困难。"玻璃房"内冬冷夏热，在没有空调的时代，就是一个无法解决的难题。神奇如鱼朝恩的鱼藻洞、燕铁

故宫灵沼轩

木儿的水晶亭，墙壁的夹层内需换水、供氧等，亦是前现代社会无力解决的技术难题。因此，今日四处风行的“海底餐厅”，竟是古人早就向往、却限于技术条件无法享受到的体验。